前川 裕

文豪芥川教授の殺人講座

実業之日本社

実業之日本社文庫

文豪芥川教授の殺人講座

◎目次

目次・扉　坂野公一（welle design）

文豪
芥川教授の
殺人講座

第1講座
天才と変態の芸術概論（入門編）

◎課題図書
谷崎潤一郎『少将滋幹の母』

◎検索キーワード
不浄観

夜の大学キャンパスは意外に怖い。一部の女子大のようにセキュリティーが徹底されていれば別だが、男女共学校ではセキュリティーよりは、地域への開放を重んじる傾向があり、外部者が自由に出入りできる状態になっていることが多いのだ。

私が教授を務める無双《むそう》大学でも、午後十一時までは正門も裏門も開いており、実質的には誰でも出入りが可能である。それぞれの門には、警備員室もあるのだが、よほど不審な言動がない限り、声を掛けられ、身分証明書の提示を求められることはないだろう。

かと言って、大学キャンパスが事件とはまったく無縁な平和な場所というわけではなく、小さな事件ならけっこう頻繁に起きているようなのだ。学生部の職員で、普段から私が比較的親しく口を利く重田正純《しげたまさずみ》の話では、意外なことに盗難事件の次に多いのが、女子トイレにおける覗きなどの痴漢事件だという。重田曰く、

「もちろん、犯人はうちの男子学生とは限りませんからね。うちなんか、誰だって自由に出入りできますから、むしろ、痴漢の多くは外部者かも知れません」

それに、学生部の職員が夜間の巡回をする際、女子トイレも警戒の重点場所に入れ

ているのは、何も痴漢対策だけではないらしい。

「大学の女子トイレをラブホテル代わりに使う不届きな学生連中がいるんですよ」

重田は苦笑交じりに言った。しかし、それは私にとっては、それほど目新しい情報ではなかった。私自身、夜の女子トイレの個室で男女の喘《あえ》ぎ声がするという学生間の噂話を複数の学生から聞いたことがあったのだ。

重田ら学生部の職員は、キャンパスを巡回中、何度か女子トイレから出てきた男を現認《げんにん》して、追いかけたことはあるようだが、いずれの場合も取り逃がしたという。

だが、捕まえていれば、それはそれでまた厄介な問題となるため、この場合取り逃がしたことを必ずしも嘆くことはできないというのが、重田ら学生部職員の本音らしい。犯人が痴漢目的の外部者なら、ただ警察に連絡して、身柄を引き渡せばいいのだが、無双大学の学生の場合、教育上の観点という厄介な問題が絡んでくるというのだ。学生が試験でカンニングをすれば、各学部が決めている懲戒処分の対象となる。それと同じで、痴漢であれ、女子トイレの不正使用であれ、教授会にかけて学部独自の処分を決めなければならない。

「警察に突き出すべきかどうかは、微妙ですよね。もっとも、まだ捕まえた事例が一つもないので、何とも言えないのですが。まあ、我々も捕まえないように追いかけるというか——誰も学生部の仕事を増やしたくありませんからね」

捕まえないように追いかける、か？　私は思わず笑った。

重田がどこまで本気で言っているのかは分からなかった。しかし、学生部というのは職員の仕事では一番忙しい部署だから、重田の気持ちもそれなりに理解できた。

私と重田がこんな話をした一週間後、期せずして、学内の女子トイレで盗聴騒動が起こった。盗撮ではなく、盗聴である点がポイントで、それが妙な物議を醸《かも》したのだ。学校の女子更衣室や女子トイレに盗撮用のカメラが隠されていて、それが発見されて騒ぎになることは、よく聞く話だった。

ただ、盗聴となると、その犯行目的が若干、曖昧模糊《あいまいもこ》としてくる。そして、いささか不謹慎《ふきんしん》ながら、私のゼミでの議論でも、この盗聴騒動が妙な理由から俎上《そじょう》に上《のぼ》ったのだ。

私は国文学の専門家だったが、ミステリー作家としてもそこそこに知られた存在だった。とは言っても、知名度はあまり高くない。一応、私の作品はミステリーという分類に入っているらしいが、実際はサイコホラーと呼ぶべきもので、その方面に詳しい人間に多少知られている程度というのが、正確なところだろう。

学問的には、明治以降の近代小説が専門領域だった。ただ、初めから研究者を目指していたわけではない。

もともと日本の近代小説を読むことが好きだった。だが、親から与えられた自分の氏名とのミスマッチ、いやむしろ、マッチし過ぎているのが嫌で、職業として、そういう方面に進むのが、何となく憚られていたのである。

私の氏名は、何と芥川竜介《あくたがわりゅうすけ》なのだ。もちろん、あの有名な芥川家とは何の関係もない。しかし、芥川という苗字は先祖伝来のものだからやむを得ないにしても、竜介などという紛らわしい名前を付けた親を恨まないではいられなかった。子供の頃から、名前のことでからかわれ、小、中、高を通じて、私のあだ名は「文豪」だったのだ。

しかし、結局、国文学畑の大学院に進み、そのまま何となく研究者になってしまった。最初は、小説家としての肩書きはおまけのようなもので、専任講師時代に書いて、ある長編ミステリーの賞に応募した『ビザール』という作品が、たまたま新人賞を獲得したのが、私がプロ作家になったきっかけだった。

「ビザール」というのは、英語のbizarreに由来し、「気味の悪い」という意味だから、その後の私の路線を自ずと暗示していたとも言える。私は、その後、文字通り気味の悪い作品を書き続け、すでに作家デビューから十年という歳月が流れ、四十三歳の現在に至っているのだ。その結果、大学内で、陰で囁かれている私のあだ名は「文豪」に加えて、「二足の草鞋《わらじ》先生」となっているらしい。

言いたいやつには、言わせておけ。私は、その皮肉なあだ名をたいして気にはしていなかった。

その日の課題図書は、谷崎潤一郎《たにざきじゅんいちろう》の『少将《しょうしょう》滋幹《しげもと》の母《はは》』だった。カメレオンのような変幻自在《へんげんじざい》の作風を持つと評されている谷崎が、古典主義的な作風で書いた傑作で、天才の誉《ほまれ》高い谷崎の作品の中でも、特に世評の高い作品である。

芥川にとって谷崎はいわば天敵みたいなもので、二人の論争は有名だ。だが、やはり研究者として公平に評価すれば、作家としての才能は、谷崎のほうが遥かに上と断じざるを得ないだろう。

これは古典に取材した二人の作品を比較してみると、歴然としているように思われる。古典に関する二人の教養は甲乙付けがたいハイレベルなものであるにしても、想像力の豊かさという視点では、大谷崎《おおたにざき》の前では、我が文豪芥川先生もいかにも小粒に見えてしまうのだ。

『少将滋幹の母』の中では、全編を通して谷崎の博学な古典の教養が遺憾なく発揮されていて、多くの古典文学作品が引用されている。その中で『今昔《こんじゃく》物語』や『宇治拾《うじしゅう》遺《い》物語』にも出ている色好みの平中《へいじゅう》に関する、ある逸話が紹介されているのだ。

これは高校の古文の教科書にも載っていることがある有名な逸話で、平中が、何としても思いを遂げられない、完璧な美しさを持つ「侍従《じじゅう》の君」の欠点を見つけるために、あるいは彼女への悩ましい思いを断ち切るために、その排泄物を見ようとして、お虎子《まる》を召使の女から強奪する話である。

このいささか滑稽な話は、作品のテーマとなっている「不浄観《ふじょうかん》」とも関連していて、後半の、藤原国経《ふじわらくにつね》に関する悲劇的な逸話に対する導入部にもなっている。すなわち、時の権力者で、甥でもある藤原時平《しへい》に自慢の若妻を奪い取られた年老いた国経がその妻の面影を忘れるために、路上に放置された無残な死骸を凝視する修行を積んで、不浄観を体得しようとする場面と繋がっているのである。

不浄観というのは、仏教の唯識論《ゆいしきろん》に基づいているらしい。その唯識論を、思い切り平たく説明すれば、あらゆる存在は認識の問題であり、人間の美醜も一つの大きな本体のそれぞれ一面の現れ方に過ぎないとする仏教哲学である。そして、そういう考え方を体得するための修行原理が不浄観なのだ。

つまり、この場合、国経が路上の醜い死骸を見ることによって、美しいかつての妻も死骸になればそういう醜い姿を晒すことを悟り、永遠の諦念《ていねん》の境地を目指すことが、不浄観の修行なのである。

しかし、ゼミの議論はこんな難解な仏教哲学ではいっこうに盛り上がらず、むしろ、もう少し軽いほうの話題、つまり平中のお虎子強奪事件のほうで、予想外の盛り上がりを見せたのだ。自分の思いの人を忘れるために、その汚い排泄物を見るという考え方のほうが、若い学生たちには分かりやすいのかも知れない。

だが、ここで突拍子《とっぴょうし》もないことを言い出したのは、四年生の安藤謙介《あんどうけんすけ》だった。

「先生、そうすると、最近、本学の女子トイレで起こった盗聴事件も、不浄観と関係があるんですかね」

安藤は多少冗談めかした口調で言ったが、教室内は静まり返った。ゼミ生は六人だけで、それも安藤以外は全員女子学生なのだ。

女性は、本来、そういう尾籠《びろう》な話を好まないものだが、古典文学に出てくる話だったので、そこまではあまり抵抗もなく、議論に加わっていたのだろう。だが、女子トイレの盗聴騒動というきわめて現実的な話題になれば、話は別である。

「どういう意味かな?」

しかし、私は安藤の話を遮ることなく尋ねた。どんなことでも自由に言わせるのが、私のゼミの基本方針なのだ。

「盗撮ではなく、盗聴であることがどうしても気になるんです」

こう言って、安藤は一呼吸置いた。いいところを衝いている。私は心の中で、つぶやいた。

「だから、それが純粋に性的な痴漢行為なのか、よく分からないんです。女性の排泄姿を見たいという変態の心境なら、ある程度分かりますよ。しかし、音だけですからね。排泄の音だけ聞いて、性的に興奮する人間がいるとは、僕的には信じられないんです。それはむしろ、浅ましくて、滑稽な印象を与えるだけだと思うんです。だから、それを仕掛けた人間は、性的な目的というよりは、そういう排泄音を聞くことによって、どうしてもあきらめきれない女性に対する思いを断ち切ろうとしていたんじゃないでしょうか。つまり、その男は――犯人が男だとしたらですが――やはり、痴漢というより不浄観を実践するのが目的だったのではないでしょうか」

安藤に多少の受け狙いがあったのは確かだろう。しかし、教室内は、真夏だったにも拘《かか》わらず、北極のように凍り付いていた。必ずしも強過ぎる冷房のせいだけではあるまい。

こんな発言を女子学生の前でした安藤の勇気は、蛮勇《ばんゆう》という他はなかった。そして、さすがの安藤も、恐ろしく寒い反応に、その巨漢を縮《ちぢ》こまらせているように見えた。

しかし、私は柄にもなく、突然、教育者としての立場を思い出した。安藤をこのまま見殺しにするわけにはいかないのだ！　不出来な弟子の尻ぬぐいをするような心境だったのかも知れない。

「なかなか哲学的な省察《せいさつ》だね。ということは、要するに、その盗聴事件の犯人も、変態性欲か、不浄観かという、谷崎的な悩みを実践していたというわけだな」

この意味不明な私のフォローは、女子学生たちの著しく険しい視線で黙殺された。事態はますます悪化し、私はうろたえた。

だが、捨てる神あれば、拾う神ありである。私たちの苦境を救ってくれたのは、安藤と同じ四年生の篠田希和《しのだきわ》だった。希和は落ち着いた態度で、安藤を見据えるようにして発言した。

「安藤君の想像って、少し妄想系だと思います。それに、若い女の子は水洗の水を流しながら用を足すのが普通だから、そんな音、あまりちゃんと聞こえないんじゃない？　そこは百歩譲って、そういう排泄音が聞こえた場合、性的に興奮する人だって、きっといると思うよ。でも、安藤君みたいな発想、普通の人じゃ思いつかないから、盗聴器を仕掛けた犯人は案外、安藤君かもね」

ここで、ほとんどの学生がどっと笑った。私も思わずつり込まれて笑った、笑っていないのは、憮然として絶句している安藤だけである。だが、とにかく、私はここが潮時だと思った。私は若干甲高《かんだか》い声で、叫ぶように言った。

「はい、それではここで、プリントを配ります。『少将滋幹の母』の英訳の一部抜粋です」

近頃は日本文化を世界に発信するという視点から、日本文学の授業であっても、比較文学的な方法論を導入して、英語などの外国語の文献を読むことも多い。

希和は横文字が得意でないのか、英語の文献を見ると、借りてきた猫のようになってしまう。意外なのは安藤で、英語そのものの知識は六人のゼミ生の中では一番あるように見える。

「さあ、みんなこの英文の中で、『不浄観』は何と英訳されているか分かるかな？」

しばらく読む時間を与えたあと、私が訊いた。安藤がすぐに答えた。

「the《ザ》 Sense《センス》 of《オブ》 Foulness《ファウルネス》 ですか？」

「正解！」

「案外簡単な英語なんですね」

安藤は正解だったことを特に誇る風でもなく、ごくさりげない口調で言った。

「そうだよ。難解な仏教用語も英訳されるとあっけないほど簡単になってしまうんだ。まあ、この英語を直訳すると『汚いという意識』に過ぎないからね」

「じゃあ、唯識論は何て訳されてるんですか？」

安藤が重ねて発言した。こういう積極的なところが、安藤の長所なのだ。

「consciousness《コンシャスネス》 only《オンリー》 だよ」

「それはまた、分かりやすいですね」

安藤と私の会話は、このあともテンポ良く進んだ。だが、私は居心地の悪さを完全には払拭《ふっしょく》できていなかった。さきほどの安藤の発言によって生じた私と安藤の孤立感が、依然として、若干尾を引いているように思われたのである。

女子トイレにおける盗聴事件は新たな展開を遂げた。盗聴器が仕掛けられたのが、一度では終わらなかったのである。そして、私はたまたまキャンパス内で出会った重田から、妙な相談を持ちかけられた。

「芥川先生、ぜひ相談に乗っていただきたいことがあるんです」

重田と会ったのが、学生部から十メートルくらいしか離れていない通路だったので、私は重田に肩を抱《かか》えられるようにして、学生部室内の簡易な応接セットのある部屋に連れ込まれた。三時限目の授業が終わったばかりで、それ以降、特に予定もなかったので、断る口実もなかった。

それに重田は、実に感じの良い男で、教員の間でももっとも評判の良い職員だったから、何となく断りにくかったのだ。三十代後半くらいの年齢だが、容姿も整っていて、女性にもてそうな今風の甘いマスクをしている。もっとも、すでに同じ職員だった女性と結婚していて、一児の父親らしい。

「先生もご存じかと思いますが、本学の女子トイレで盗聴事件が発生していて、同じことが三度も続いているんです。しかも、同じ場所で」

「同じ場所？」

そこが一番意外な点だった。痴漢目的であれば、キャンパス内でそういう行為を続けるにしても、場所を変えるのが普通だと思ったからだ。

学内の女子トイレにおける盗聴器発見のニュースは学生の間で相当に話題になっているという。また、各学部の掲示板でも、あるいは大学のＨＰでも、注意喚起がなされているらしい。

だとすれば、特に警戒が強いであろう同じ女子トイレに、盗聴器を三度も仕掛ける犯人の意図がよく分からないのだ。排泄音を聞きたいだけというのであれば、場所を変えて仕掛けたほうが発見される可能性も低く、成功率も高いだろう。希和の言う通り、完全な集音はなかなか難しいにしても、である。

重田によれば、盗聴器が仕掛けられた女子トイレは、リーガルタワーと呼ばれる、無双大学のメイン棟とでも呼ぶべき建物の十五階にあった。この階には教員研究室と教室が混在している。

教員研究室と教室は階ごとに分かれているのが普通だ。しかし、学生数の増加による教室不足を解消するために、会議室の一部を改修して教室に替えたため、そういう変則的なエリアが誕生したのだ。

その階には、男女のトイレが隣合わせに一つずつある。男子トイレは、個室二つに、小便器二つという規模の小さな物だ。

女子トイレには、何しろ入ったことがないので、正確には分からないが、フロアのスペース自体は男子トイレと同じはずだから、おそらく似たようなものだろう。だが、私は念のために、重田に確認した。

「女子トイレも、男子トイレと同じような大きさなんでしょ」

「ええ、個室二つだけです。新野《にいの》さんに、一緒に入ってもらって盗聴器の仕掛けられていた位置も確認しました」

新野というのは、学生部の若手女子職員の新野香澄《かすみ》のことだ。重田と同じ無双大学のOBで、主任である重田の直属の部下に当たる。一度重田から紹介されたことがあり、二十歳半ばくらいの、おとなしい地味な印象の女性だった。

「それで盗聴器はどこに仕掛けられていたんですか？」

「誠に言いにくいんですが、女子トイレには生理用品等を捨てるサニタリーボックスが置いてあるんですが、その中に生理用品と一緒に入れられていたんです」

「発見者は誰だったんですか？」

「三度とも、学生です。もちろん、女子ですが」

「まさか、同じ人物というわけじゃないでしょうね？」

「違いますよ。三人とも別人ですし、学部も違いますから、互いに面識もないようです」

「でも、よく見つけられましたね。きっとカムフラージュのために、生理用品の中に隠すようにおいてあったのでしょうから」

「それがそうでもないらしいですよ。三人から事情を聞いた新野さんの話では、三回ともけっこう目に付くようにおいてあったらしいですよ。しかも、蓋が半分くらい開いていたというんです」

「ということは、これ見よがしに置いてあったということですか？」

重田は曖昧な表情でうなずいた。私の言うことを完全に理解しているようには見えなかった。

「ところで、重田さん、あなたが今日、私に相談したいことというのは、何なんですか？」

ずばり訊いた。まさか、大学教授と推理作家の二足の草鞋を履いている私に、この事件を推理せよというわけでもあるまい。

「それが、ですね、これは本当にご内聞に願いたいのですが、『学生日安箱《めやすばこ》』に深刻な投書があったんです」

「深刻な投書？」

「学生日安箱」というのは、学生部が三年前から実施している、学生の声を聞くための意見聴取システムである。日常的な学生生活に関連することから、大学の制度や規則に至るまで、それについて意見のある者は、学生部の受付横に設置された「学生日安箱」に投書できるのだ。匿名でも、記名でもいいことになっている。

「関根《せきね》先生のことなんです」

重田は躊躇するような口調ながら、いきなり実名を出した。私にはすぐにピンと来るものがあった。

関根は、定年を来年に控《ひか》えている、私と同じ国文学科の教授だった。いや、この言い方は正確ではない。

無双大学では、定年は一応六十五歳ということになっているが、延長制度があり、給料は若干下がるものの、七十歳まで教授として勤務することも可能なのだ。教授会での承認が必要だが、本人が希望し、健康状態に問題がない限り、大半の延長希望が認められた。

しかし、関根の場合、人柄も好く、学問的にもそこそこの業績を残しているものの、実質的に延長は認められなかった。数年前から、認知症と思われる症状が出ていたからだ。教授会で承認を拒否するのは角《かど》が立つため、学科主任が学部長の要請を受け、関根の家族に話して「定年延長願い」を出させないようにしたらしい。

従って、今年が関根にとって最後の年になっていたのだが、彼の奇矯《ききょう》な行動はたび たび学内の噂話に上っていた。教室を間違えて、そのまま講義を始めてしまい、遅れてきた本当の担当教員と同じ教室で鉢合わせになるという珍事《ちんじ》が出現したこともある。

その上、本来穏やかな性格であったはずの関根が意味不明な理由で激高《げっこう》し、さまざまな事務部署にたびたび怒鳴り込んだため、事務職員の間でもかなり有名な存在になっていた。従って、情報収集という意味では、学内のＣＩＡと呼ばれる学生部が、関根のことを把握していないわけがなかった。

「投書の中に、あの先生に関する言及があったのですか？」

　私は冷静に尋ねた。

「ええ、あの先生が、夜の十時過ぎに、問題の女子トイレの中から出てくるのを見たという匿名の投書が、三回目の盗聴器発見後にあったんです。学生の投書文書の現物につきましては、学生部の担当職員以外に見ることができる者は、学生部長と学部長だけという規則がありますので、現物を先生にお見せするわけにはいかないのですが」

　重田は声を潜めて言ったが、私はそれほど驚いてはいなかった。関根がリーガルタワー十五階の通路を授業もない時間帯に徘徊《はいかい》しているという教員間の噂話は、私の耳にもけっこう届いていたのだ。しかし、関根の研究室は同じ十五階にあるのだから、彼の姿をその階で頻繁に見ることは、それほど不自然ではない。

ただ、「徘徊」という表現が使われたのは、彼の様子にやはり、どこか異様なところがあったからなのか。それとも、彼の病《やまい》をもともと知っている同僚たちがある種の先入観を持って言ったのかは、定かではなかった。私自身の研究室は、一階上の十六階だったため、関根のそういう姿を見たことは一度もなく、判断が付かなかった。

「ということは、重田さんは、そういう関根先生の行動と今回の女子トイレ盗聴事件は何らかの繋がりがあると――」

「いえ、とんでもありません！　そういう投書には、今のところ、明確な根拠があるわけではありませんから、そんなことはとても言えません」

重田は、慌てたように私の発言を強く否定した。だが、これは事務職員の通弊《つうへい》で、保身のため、かなり明確なことでも断言を避ける傾向があるのは、私にも分かっていた。

重田も例外ではなかったのだろう。だから、重田の否定を文字通りに受け取ることもできないのだ。

「いずれにせよ、そういう投書がある以上、学生部としては調査する必要があるというのですね」

私は重田に助け船を出すように言った。

「ええ、そうなんです。ただ、教授の人権問題も絡んできますので、学生部としては下手に動けず――」

「それはそうでしょ。だいいち、学生部というところは、その名前通り、学生に関する諸問題を扱うところで、教員は業務の対象には含まれていませんからね」

重田はほっとしたようにうなずいた。私は重田が私に何をして欲しいかは、分かっていた。

「分かりました。私がまずは、学科主任に話してみましょう。それから、話はさらに上のほう、つまり文学部長に行くかも知れない」

「それで、誠にお訊きしにくいのですが、盗聴器を仕掛けたのが、あの先生だということになれば、どういうことになるのでしょうか？　やはり、ご病気なら、内々で済ませて、表には出さないということになるのでしょうね」

重田の口調から、学生部としても、ことを大きくして欲しくないという意向がはっきりと、感じられた。

「いや、その点は大丈夫でしょう。私は関根先生が盗聴器を仕掛けた犯人である可能性はきわめて低いと思っていますから」

私の断言に近い言葉に、重田はやや怪訝な表情をした。

「ということは、『学生日安箱』への投書はガセネタということでしょうか？」

「それは分からない。しかし、仮にその女子トイレから関根先生が出てきたのが本当だったとしても、男子トイレと女子トイレの位置をたまたま間違えただけかも知れないでしょ。あの病気は認知機能が落ちるのが特徴ですから、そういうことがあってもおかしくはない。ただ、一貫性のない行動があの病気の特徴だとすれば、それは盗聴器を仕掛けた犯人の行動とは矛盾している。犯人の行動には明らかな一貫性がありますよ。そして、それはその目的を問わず語りに語っている」

重田は相変わらず怪訝な表情のままだった。私の言っていることが理解できないのか、それとも私の言っていることに反対なのか、分からない。ただ、人権問題が絡むことの性質上、事実がはっきりし過ぎるのを嫌ったのか、重田はそれ以上、質問しようとはしなかった。

その日、ゼミの授業があり、夜はいつも通り飲み会になった。ゼミ生の六人中、四人が参加したが、安藤と希和以外はアルコールをあまり飲まず、食事をしただけで早々と帰宅した。翌日、一時限目の授業があるとのことだった。

「君らは明日の授業は大丈夫なのか？」

私はあとに残った二人に訊いた。

「僕も一時限目がありますけど、今のところ、自主休講です」

安藤が平然と答えた。希和はいつも通りケラケラと笑い、自分に授業があるかないかも言わなかった。

「ところで、篠田さん、例の盗聴事件だが、あれは女子学生の間にも噂話としてかなり伝わっているんだろ」

私はまずやんわりとその話題を持ち出した。

「ええ、すごく話題になってます。でも、そんなに深刻じゃなくて、どちらかと言うと、笑い話的な――やっぱり、安藤君が言うように、盗撮じゃなくて、盗聴であることが、何だか滑稽な印象を与えるみたいです」

その日は、特に暑い日だったので、希和は白のショートパンツに薄ピンクのＴシャツという格好だった。短髪でややボーイッシュな印象の女子学生だが、その日のショートパンツは、けっこう丈が短く、太股も露《あらわ》になっていて、妙に艶《なまめ》かしい。ボーイッシュな印象とのアンバランスな感覚が、一層そう感じさせるのかも知れない。

私たちは居酒屋「六助厨房《ろくすけちゅうぼう》」の小上がりの畳の上に座っていた。私は希和と対座し、希和の横には安藤があぐらをかいている。安藤が希和の下半身を気にしているのは、明らかだ。

ときどき遠慮がちな視線を希和の下半身に投げては、すぐに視線を逸らしているのが、私にはよく分かる。しかし、希和はそういう安藤の視線をまったく気にすることなく、自然に振る舞っているように見えた。

「でも、先生、やっぱり盗撮じゃなくて盗聴であるのが、僕には謎ですよ」

安藤が横から口を挟んできた。まるで、前週のゼミでの議論を蒸しかえそうとしているかのようだった。だが、希和が安藤の出鼻を挫《くじ》くように言った。

「そんな大袈裟なことじゃないと思うよ。でも、安藤君が言うように、排泄音を聞くという目的で、誰かがその盗聴器を仕掛けたとしたら、やっぱりその人は男性で、女の子のことをあまりよく知らない人ね。女の子同士だって、隣の人にそんな音を聞かれるのは嫌だから、私の場合、発射の五秒ぐらい前に、思い切り気合いを入れて、水を流すんです。だからそんな音、聞こえるはずがないの。もっとも、環境問題に対する意識の高い人は、エネルギーの無駄遣いを嫌って、水を流すのは用を足したあとの一回だけにして、トイレットペーパーをたぐる金属音なんかで、その音をごまかすこともあるんだけどね。でも、それじゃあ、完全な防音にはならないから、若い子は嫌がる子が多いの。だから、環境問題にも女の子の羞恥心にも配慮して、うちの大学も、予算の削減ばかり言ってないで、校内の全女子トイレに『音姫《おとひめ》』くらい付けてくればいいのに」

私は希和のあまりにも大胆な発言に笑い出した。笑いながらふと安藤の顔を見ると、度肝《どぎも》を抜かれたように呆然とした顔をしている。安藤が希和のことを好きなのは、分かっている。安藤の表情は、その憧れの君に、そんなはしたない話をして欲しくないと言っているようにも見えた。

安藤はビールばかり飲んでいて、私と希和が飲んでいるのは、田酒《でんしゅ》という青森《あおもり》の日本酒だ。私はもちろん、希和も今時の女子学生には珍しく、日本酒好きなのだ。テーブルの上には、焼き鳥、唐揚げ、おでん、枝豆などの皿がずらり並んでいるが、その大半は巨漢で食欲旺盛な安藤が平らげ、皿には料理はほとんど残っていない。

「しかし、篠田さんは、それを仕掛けたのが男性である可能性は低いと思ってるんだろ」

私は若干真顔になって尋ねた。

「ええ、そうだと思います。だいいち、女性のほうが仕掛けやすいし。それに犯人が女性だと考えると、仕掛けられたのが盗撮器でなく盗聴器であったことにも、それなりの説明が付くと思うんです」

「どう説明が付くの？」

安藤が気を取り直したように、再び、横から口を挟んだ。だが、希和は安藤を無視するようにして、私の顔を見つめたまま言葉を繋いだ。

「要するに、犯人にとって、盗撮でも盗聴でもどっちでもよかったんだと思います」

「どっちでもよかった？」

私はつぶやくように訊いた。

「ええ、そもそも、犯人の目的は女性の排泄姿を見ることでも、排泄音を聞くことでもなかった。だとしたら、盗撮器と盗聴器の区別には意味がなく、手に入れやすいほうを選んだだけじゃないですか。値段的にも、盗聴器のほうが、盗撮器より安いと思うし。その二つの選択に意味がない場合、女性は絶対に値段の安いほうを選ぶはずです。男の子の中には、変な見栄を張って、どんな物でも高いほうを選ぶ人もいると思うけど」

「じゃあ、その目的って何なの？」

安藤がもう一度訊いた。希和もさすがに今度は無視するのは悪いと思ったのか、安藤のほうに視線を向けて、答えた。

「よく分からないけど、直感でいい？」

安藤がうなずいた。やや酔いが回っているのか、幾分、トロンとした目つきだ。

「その女子トイレから人を遠ざけるのが目的だったような気がするの。そういう噂が流れれば、誰も問題のトイレには入らなくなるでしょ」

「その通りだよ！」

私は即座に言った。希和の直感力に脱帽《だつぼう》していた。

私は重田から、一般学生よりも遥かに詳細な情報を得ていた。しかし、当然のことながら、そういう情報を学生である二人には話すわけにはいかないのだ。

従って、関根が女子トイレから出てきたという目撃情報のことも、一切伝えていない。要するに、私と希和では、与えられている情報量が違い過ぎるのだ。

それなのに、希和の見解はまさに慧眼《けいがん》であって、事件の本質を見事に言い当てているように思われた。今度は私が話す番だった。

「リーガルタワーの十五階という場所は、ある意味ではとても特殊な場所なんだ。教室と教員の研究室が一緒になっている階なんて、他にあるかい？」

「そう言えば、ありませんね」

安藤が合いの手を入れるように言った。

「そして、他の階と同様、あの階にも男子トイレと女子トイレが併設されている。ところで、あの建物で夜遅くまで残っているのは、何と言っても研究室で夜も研究している教員なんだ。中には閉門時間の午後十一時近くまで研究室で研究している教員もいる。だから、夜、あの階のトイレを使うのは、圧倒的に教員が多いはずだろ。夜の八時過ぎになって、授業が終わると、あのエリアは見た目にも閑散《かんさん》として、学生の数は極端に少なくなってしまう」

「それはそうでしょうね。リーガルタワーが学生で賑わっているのは、授業の終わる夜の八時くらいまでですからね」

安藤がまたもや合いの手を入れ、希和がこっくりとうなずく。私は話し続けた。

「しかし、最近、妙なことに気づいたんだ。あの階には七人の先生方の研究室があるんだが、全員が偶然男性なんだ。それに時間割表を見て分かったんだが、あの時間帯にあの階の教室で授業をしている女性教員は一人もいない。夜の遅い時間は、もともと授業数も少ない上に、女性教員はやはり遅い時間に帰宅するのを嫌う傾向があるので、そういうことになるのだろうね。何が言いたいかというと、そういう状況を総合的に考えると、十五階の女子トイレに限って言えば、女性教員が入ってくる可能性はかなり低いことが分かる。十四階と十六階は教員研究室専用のフロアで、どっちの階にも一定数の女性教員がいるが、研究室と同じ階にトイレがあるのに、わざわざ十五階に行くとは考えにくいからね」

「でも、先生、だったら何も妙な工作をトイレにして、人を遠ざける必要はないんじゃないですか。もともと授業が終われば、学生数は少なくなるのだし、十五階の教員研究室に女の先生が一人もいないとしたら、その階の女子トイレに人が来る可能性は低いでしょ」

この安藤の反論には、私でなく、希和が答えた。

「でも、万一ってこともあるんじゃない。絶対に女子学生が遅い時間に十五階の女子トイレを利用しないとは言えないでしょ。それに、最終授業が終わったあとの三十分くらいはまだ学生が残っていることもあるし」

私はうなずき、希和の言葉を引き取るように、再び、話し出した。

「そうだ。篠田さんが言うように、最終授業が終わる午後八時過ぎの時間帯が微妙なんだ。多くはないが、確かに学生はまだ多少残っているよ。だから、逆にこういう風に考えられるのかも知れない。盗聴器を仕掛けた犯人は、閉門時間に近い、午後十一時に近づけば近づくほど、女子トイレ内は犯人にとって安全な環境になるのは分かっていたけれど、あることを決行する時間をそんな遅くには設定できない事情があった。従って、少しでも女子学生が問題のトイレに入る可能性を少なくするために、盗聴の噂を流す必要があった」

「先生、しかし、犯人はいったい何を決行したんですか？　盗聴騒ぎ以外は何も起こっていないじゃありませんか」

安藤がまるで怒っているかのような口吻《くちぶり》で訊いた。確かに、そうだ。そして、それが最大の問題なのだ。私は思わず、心の中でつぶやいた。しかし、今の段階で、私は考えていることすべてをこの二人に話すわけにはいかなかった。私は、ただ一言だけ答えた。

「これから起こることかも知れないじゃないか」

安藤が全身疑問符のような表情で首を捻り、さらに発言しようとした。だが、その機先を制するように希和が言葉を発した。

「すみません。トイレに行って来ま〜す」

希和は上半身を反らすようにして、足を右旋回させて、立ち上がった。その一瞬、股間の白い付根が露になり、ショートパンツの隙間から奥の白い下着がちらりと見えたように思えた。思わず、視線を逸らした。その動揺を隠すように、自分でも予想しなかった言葉が口をついて出た。

「盗聴器に気を付けて！」

言った瞬間、セクハラという言葉が浮かんだ。失言だ！　だが、希和は悠然と答えた。

「大丈夫です！　しっかり水を流しますから」

私は苦笑しながら、相手が希和だから助かったと思った。他の女子学生なら、訴えられても仕方がないような発言だった。酔いのせいにはしたくなかったが、やはり、私は多少酔っていたのかも知れない。

安藤のほうを見た。安藤は「考える人」状態だった。右手で拳を作って下顎に当て、左手で左膝頭に触れ、気難しげに考え込んでいるように見える。しかし、私は内心、安藤が考えているのは盗聴事件の真相ではなく、希和のことではないかという気もしていた。

リーガルタワーのエントランスで新野香澄とすれ違った。私は咄嗟《とっさ》に声を掛けた。香澄にも確認したいことがあったのだ。

「ああ、先生」

香澄は私に気づくとおずおずと頭を下げた。太い黒縁の眼鏡を掛けていて、素顔は分かりにくい。紺のズボンにベージュの長袖のシャツという服装で、とにかく地味な印象だ。

「重田さんから、頼まれた件ですけど――」

私はそう言いながら、右横の学生談話ホールの陰になる柱のそばに香澄を誘導した。

「その件では、いろいろとお世話になっています」

香澄が蚊の鳴くような細い声で言った。柱を隔てているとは言え、後方から学生たちの大声《おおごえ》や嬌声《きょうせい》が聞こえ、その声はひどく聞き取りにくい。だが、これから話そうとしていることを考えれば、その環境はむしろ理想的とも言えた。

「じゃあ、あなたも重田さんから、おおよその事情は聞いていらっしゃる？」

念のための確認だった。香澄は学生部において重田の直属の部下だから、すべてを知っていると考えるのが普通だろう。

「ええ、関根先生のことですよね」

私はとりあえずうなずいた。だが、関根について、香澄に特に聞きたいことがあったわけではない。

私はすでに関根のことを峰村《みねむら》という学科主任に話していた。峰村は、大学院の二年学年が上の先輩で、比較的親しく口が利ける間柄だった。

「またかよ！　もういい加減勘弁してくれよ。また、そこら中で俺が頭を下げなきゃいけないのか」

峰村は、私の説明を聞いた途端、裏返った声で叫んだ。基本的に、気の小さな男なのだ。しかし、私の説明が進むうちに、峰村は落ち着きを取り戻した。関根が盗聴事件に関与している可能性はきわめて低く、女子トイレ内に入ったということさえ疑っていることを私が強調したからだろう。

「学科主任の峰村さんには一応報告しておいたほうがいいと思っただけで、この件は国文学科にとってはたいしたことにはならないと思いますよ。峰村さんは、何もする必要がないですよ。学部長への報告も不要です」

峰村はほっとしたような表情を浮かべた。峰村が一番気にしているのは、学部長のことだった。

学部長は六十を過ぎた英米文学科の教授だったが、もともと国文学科と英米文学科は仲が悪いのだ。峰村や私のような比較的新しい教員はあずかり知らぬことだが、二つの学科間には、人事を巡る、歴史的な対立の経緯《いきさつ》があったらしい。何でも本来は英米文学科の人事枠であったものを、かつて学部長をしていた国文学科の大ボス教授が妙な理屈をつけて、奪い取ったというのだ。

その大ボス教授はとっくの昔に脳溢血《のういっけつ》で天国に誘《いざな》われており、峰村も私もその顔を見たことさえない。しかし、今の学部長は若い頃、件《くだん》の大ボス教授に散々いじめられたことを根に持っていて、今になって仕返しをしているというのが、峰村の見解である。事の真偽は私には分からないが、関根の不祥事を報告するたびごとに、峰村曰く、「尾底骨《びていこつ》に響いて、イボ痔《じ》が悪化しそうな超メガトン級の嫌み」を浴びせられているのは、本当らしい。

「それにしても、その投書をした人間は、むしろ盗聴器を仕掛けた張本人とも考えられるよね。あんたもそう思ってるの？　推理作家としての芥川先生の見解を聞かせて欲しいね」

学部長に報告する必要がないと私に言われて安心したのか、峰村は冗談めかしながらも、好奇心を剥き出しにして質問した。

「犯人かどうかは分かりませんが、事件と何らかの関わりのある人間であるのは確かでしょうね」

「でも、なんで関根さんのことなんか持ち出したんだろうか？」

「一種の目くらましですよ。何しろ、関根先生は目立ってしまいますから。いい人なのに、ご病気のせいでお気の毒です」

私はこのあと、真相が明らかになったら、また報告することを約束して、峰村と別れたのだ。

「関根先生のことは一応、学科主任に伝えておきましたので、重田さんにそうお伝えください。ところで細かなことになりますが、『学生目安箱』への投書文書を、あなたは当然、直接ご覧になったわけですよね」

「はい、見ました」

「それは手書きでしたか、それともパソコンなどによって、印字されたものだったのですか？」

「パソコンで書いたものでした」

「その文面を覚えておられますか？」

香澄は、ここでは即答せず、少し考え込むようにした。それから、相変わらず、小さな声で答えた。

「『僕は昨日、午後九時頃、文学部の関根先生が十五階の女子トイレから出てくるのを目撃しました。昨日の夜起こった盗聴事件と関係があるのかも知れません』正確かどうかは、分かりませんが、そんな文面だったかと思います」

「正確かどうかは、分かりません」というのは、若干、謙虚に過ぎる発言だろう。その淀《よど》みのない言葉から、香澄の記憶力がかなりいいのは確かに思えた。

「その文面では、『僕』という一人称が使われていたのですね」

私の念押しに、香澄は小さくうなずいた。だとすれば、やはり、書き手は女性である可能性が高い。投書という、ある意味では改まった文書を書く場合、男子学生であっても、「私」という一人称を使うケースが多いように思われるのだ。

それをわざわざ「僕」という一人称を使っているのは、自分が男性であることをアピールしているようにも取れる。従って、その裏を返せば、逆の結論に至ることになる。だが、私はそういうことを心の中で思っただけで、香澄の前で口には出さなかった。

「そういう投書って、手書きのほうが多くありません？」

「ええ、たいていは手書きです。『目安箱』の横には、手書き用の用紙が置いてありますから」

「ということは、問題の投書はその用紙を使わずに、コピー用紙かなんかに印字されたものだったわけですね」

この質問に対しても、香澄は弱々しくうなずいた。おとなし過ぎて、感情の起伏を読み取るのが難しい女性だ。

しかし、これでとにかく、投書を行った者は、筆跡鑑定を避ける意図があったことが分かったような気がした。それも口には出さなかったが。

「最後に一つだけいいですか？　三回目に発見された盗聴器が、第一発見者の女子学生によって学生部に届けられたのは、いつだったんですか?」

「発見の翌日です」

「翌日?」

「ええ、彼女がそれを発見したのは、前日の午後十時半頃だったようです。応援部のバトンガールをしている学生で二十階のホールで練習をしたあと、帰る途中で十五階のトイレに立ち寄ったようです。二十階にもトイレがあるのですが、他の部員が使っていたので、諦めて帰ろうとしたけど、やっぱり気が変わって、たまたまエレベーターが通りかかった十五階で降りたそうです。最初、その盗聴器が何だか分からず、時間的にも閉門時間に近かったため、それを家に持ち帰ったのですが、家族から盗聴器だと言われて、翌日、学生部に届けてきたのです」

やはり、その女子学生が十五階の女子トイレを使ったのは、まったくの偶然なのだ。こういう偶然を避けることは、所詮、不可能なのだろう。

「その女子学生が、翌日、盗聴器を学生部に届けてきた時刻は?」

「午後一時頃だったと思います」

「発見から、随分時間が経っていますよね」

香澄は、無言で私の目をじっと見つめた。私の発言の意味がよく分からないようだった。一方、私は眼鏡を掛けた香澄の顔を正面から見据えながら、地味な印象ながら、よく見ると、案外整った顔立ちだと感じ始めていた。

「問題の投書が、『日安箱』に入っていたのはいつですか？」

「同じ日の、午後五時頃だったと思います。もっとも、それは私たち学生部の職員が気づいたのがという意味で、実際にいつ頃投函されたかは正確には分かりません。ただ、前日は入っていませんでしたので、同じ日であったのは間違いありません」

「いずれにしても、随分早い反応ですね。仮に一番遅い午後五時近くに投書者がそういう文書を『日安箱』に入れたと想定したとしても、第一発見者が盗聴器を学生部に届けてから、四時間しか経っていない。そういう噂話が学生間に伝播《でんぱ》するには、もう少し時間が掛かる気がするんですが。それなのに『昨日の夜起こった盗聴事件』という表現からして、投書者は盗聴器が仕掛けられたのが前日の夜であることを確信しているとしか思えない。投書者と第一発見者が別人で、互いに知り合いでもないとすれば、これも不思議ですよね」

香澄に顕著な反応はなかった。私は、香澄の足を止めたことを詫び、そのまま別れた。しかし、私はそのときすでに、ある確信に達していた。

問題は、今後起こるかも知れない事態にどう対処するか、なのだ。

「私と彼女との関係について、嘘偽りなくお話しします。私はおよそ三年間、彼女と不倫関係にありました。私が職場で初めて彼女に出会ったときは、内気な子だなと感じただけで、特に強い印象もありませんでした。しかし、一緒にいる時間が長くなるにつれて、私は彼女に対して親近感が増すと同時に、ある独特な魅力を感じ始めたのです。私たちが男女の仲になるのに、たいして時間は掛かりませんでした。仕事が終わったあと、二人で食事をするようになり、知り合って三ヶ月くらいで、初めて二人でラブホテルに入りました。彼女は何故か長い間、自分が女性として魅力がなく、男性にもてないものと思い込んでいたようです。そういう彼女にとって、私が初めて付き合う男性だったのです。従って、私が妻子ある男性であることを自分の運命の不幸と嘆いているという感じはあまりなく、特に最初の一年は、ただ私との付き合いを密《ひそ》やかに楽しんでいるように見えました。

しかし、付き合いが長くなっていくうちに、私は次第にある種の苦痛を覚えるようになりました。彼女の醸し出す陰気くさい雰囲気に何だか私までが感染し、暗い気持ちになってしまうのです。そして、ある時期からそういう気持ちを克服する方法として、私は内気な彼女をいじめて、それによって変態的な性的快感を得ることを覚えてしまったのです。例えば、仕事のあと、彼女とデートをするとき、駅のトイレで着替えさせ、彼女が耐えられないような露出度の高い格好、例えば極端なミニスカートやショートパンツを穿《は》かせて、街中を歩かせるのです。普段、ひどく地味な服装をしている彼女が、そういう格好をするのを見るのは、私にとって非常に刺激的でした。この頃、彼女は完全に私に夢中になっていましたので、ひどく恥ずかしがりながらも、私に嫌われるのを恐れてか、私の指示に従っていました。そのうちに、私の要求はエスカレートし、職場でも同じような要求を始めたのです。

ただ、やはり職場ですので、彼女にそう突飛な服装をさせるわけにもいきません。そこで、私は彼女に、ズボンのジッパーを下げたまま、あるいはスカートのホックを外したまま、それに気づいていないふりをさせて、室内を歩かせたりしていました。そういう格好で、若い男性職員のすぐ近くまで近づかせることもたびたびありました。しかし、私ががっかりすることには、職場でそんなことに気づく者は意外なほど少なく、私たちの奇妙な『共同作業』は、ときたま同僚の女性職員が彼女に小声で注意することがあったくらいで、概ね周囲に気づかれることさえありませんでした。

そこで、私はある日、学内の女子トイレの中で、彼女とセックスすることを思いついたのです。きっかけは、女子トイレの中から男女の喘ぎ声が聞こえてくるという学生間の噂話を耳にしたことでした。実際に無分別な学生カップルの中には、面白半分、あるいは酔った勢いで、そういうとんでもない行為をする者たちがいたことも確かなのです。そして、私自身、それを実際に一度やってみて、ひどく興奮し、すっかり病みつきになってしまいました。内気な彼女は、もちろん、泣いて嫌がりましたが、私は許さず、トイレの個室の中で、まるで強姦するかのように彼女とセックスしました。誰かが入ってくるかも知れないと思うだけで、その興奮は増幅されるのです。そして、私はその行為をやめられず、定期的と言えるような頻度で行うようになっていきました。

問　定期的というとどれくらいの頻度なのか？
答　一概には言えませんが、月に二度くらいだったかも知れません。
問　同じ女子トイレか？
答　同じときもありましたし、違うときもありました。
問　リーガルタワーの十五階の女子トイレでは？
答　二度ほど利用したことがあります。
問　事件を起こす前のことだね。
答　そうです。
問　じゃあ、犯行の予行演習をしていたということもあるんじゃないか？
答　いいえ、そうではありません。その頃は、まだ彼女との関係がそれほど悪化していたわけではありませんので、そんなことはまったく考えていませんでした。
問　君は彼女と付き合っていくうちにそういう変態性欲が昂《こう》じてきたというような喋り方をしているが、そういう変態性欲はもともと君の体質としてあったものじゃないのか？

　答　答えたくありません。――

　ある日、私は彼女から、妊娠していることを知らされました。私は彼女とのセックスでは常に避妊具を使用していましたので、最初はその言葉を信じませんでした。しかし、医師の診断書を彼女から見せられたとき、私は突然、思い出したのです。女子トイレという極端に窮屈な空間でセックスしたため、あるとき装着《そうちゃく》していたコンドームが抜け落ちていたことに、セックスのあとで気づいたことがあったのです。

　彼女は私が妻子と別れて、彼女と結婚することを要求し始めました。私が拒否すると、一切合切《いっさいがっさい》をばらすと言って私を脅しました。その脅しの内容の中には、私と彼女の関係だけでなく、私と彼女が学内の女子トイレを利用してセックスをしていたことも含まれていました。単なる学内不倫の話なら、それまでも聞かないわけではありませんでしたが、そんな行為までバラされたら身の破滅です。私はそれまで彼女が極端に内気であるため、ある意味では高をくくっていたところがあったのですが、そういう内気さは状況次第で異常な執拗さに豹変《ひょうへん》することがあることを思い知らされました。私は妻子と別れて彼女と結婚せよという再三再四の要求に焦り、ほとんどノイローゼ状態に陥りました。勝手な言い草ですが、私は彼女とそういう関係を続けながらも、妻子を愛していましたから、どんなに言われても別れる気はありませんでした。しかし、彼女が私のことを諦める気配もまるでありませんでしたので、追い込まれた私はついに彼女を殺すしかないと決断したのです。

問　関根教授に罪を着せようと思っていたのか？

答　必ずしもそうではありません。ご病気の関根先生の奇矯な行動は学内では有名でしたので、あの先生にそういう疑いが掛かれば、それも仕方がないとは思っていました。ですが、盗聴器を仕掛けた痴漢が、出会い頭に学生部職員として巡回中の彼女を強姦して殺したという筋書きのほうをむしろ意識していました。

問「学生部」の腕章をして彼女と一緒に女子トイレに行ったのは、カムフラージュのためか？

答　はい。もし途中で教職員や学生に出会った場合に備えたのです。しかし、これは女子トイレで彼女とセックスするときに、いつもしていたことで、この日に限ったことではありません。夜の八時から九時に掛かる時間帯は、完全に安全な時間帯ではありませんでしたから、学生部の巡回を装ったのです。特にその日は、彼女には妻子と別れ、彼女と結婚するという嘘の約束をしていましたから、彼女も安心していて、私を信用していたと思います。学生部の巡回は、いつもまだ学生がある程度残っている八時過ぎに行うのが普通でしたので、あまり遅い時間にすると、彼女に疑われる可能性があるだけでなく、もし誰か他の人間に見られた場合、いいわけが利かないと思っていました。現に私たちが女子トイレでセックスしたのは、たいてい夜の八時から九時に掛けての時間帯で、そこに行く間、あるいはそこから引き上げるときに、通路で誰かに会うこともたまにありましたが、二人とも学生部の腕章をしていたため、誰も疑う者はありませんでした。

問　それにしても、被害者がそんな危険な時間帯にも拘《かか》わらず、この期《ご》に及んで女子トイレの中でセックスしようという君の要求に応じたのが不思議だ。彼女を殺害しようという意図があった君が、それを口実にしたのは、理屈としては分かるのだが。

答　私と付き合ううちに、彼女にも変態性欲的な意識が芽生えていたのかも知れません。それに、せっかく私が彼女との結婚に同意しているのに、また私の機嫌を損ねたくないという気持ちが働いたのかも。

問　顔の知られている学内より、学外で彼女を殺すほうが安全だとは思わなかったのか？

答　思いませんでした。それでは、私が学生部の職員で、学内の巡回などを担当しているという隠れ蓑を有効に活用できないからです。実際、私が腕に巻いていた学生部の腕章は、学内では警察官の制服くらいの威力があったのです。警察官は罪を犯すはずがありませんよね。

問　では、芥川教授は、どう利用するつもりだったのか。

答　盗聴事件と関根先生の関係を仄めかして、あるいは盗聴行為をしている痴漢の存在に言及して、私が彼女を殺した場合、私以外の犯行と思わせ、客観的な証言者に仕立てるつもりでした。しかし、今から思えば、先走って彼に詳細な情報を与え過ぎたのは失敗でした。

私はあの女子トイレの個室の中で、しっかりとセックスを終えてから彼女を殺害するつもりでした。矛盾するようですが、やはり私は彼女を未だに愛《いと》しており、これが彼女との最後のセックスだと思うと、ますます彼女が可哀想で、愛しくてならなかったのです。もちろん、体液が残らないようにコンドームを使用していましたが、最近の強姦犯は、体液のDNA鑑定を警戒して、あらかじめコンドームを用意する者もいると聞いていましたので、コンドームの使用が、即、顔見知りの犯行と判断されるとは考えませんでした。セックスが終わったあと、私はズボンのポケットに隠し持っていた細ヒモを彼女の首に巻き付け、締め上げました。彼女は鋭い悲鳴を上げ、必死で逃げ出そうとしました。そのとき、不思議なことに、突然、扉が開いたのです。あるいは、勘の鋭い彼女は、途中で私の殺気のようなものを感じていて、私の気づかないうちに、内鍵を外しておいたのかも知れません。私は思わず、逃げる彼女を追って、個室の外のフロアに出て、細ヒモを絞り上げるようにして締め続けました。そのとき、大きなつんざくような悲鳴が響き渡ったのです。ふと気がつくと、トイレのフロア内に全然見たことがない女子学生らしい人物が立ち尽くしていました。その姿を見た途端、全身から力が抜け落ち、私はすべてが終わったと思いました」（重田正純の検察官面前調書）

「さすがに疲れましたね」

安藤はいつもの居酒屋の小上がりの畳の上にあぐらをかきながら、ため息をつくように言った。その横に、紺のジーンズと白地に紫の花柄の入ったTシャツ姿の希和が座り、私が二人の前に対座する。

所轄署の新宿署で行われた参考人としての事情聴取は、午後一時から始まり、夕方の六時近くまで続いた。参考人調書を作るのにやたらに時間が掛かるのだ。

無双大学の学生部担当の常務理事も呼び出されていて、私たちとは別室で事情を訊かれていた。常務理事は青ざめた顔をしていた。それも当然だろう。警察の事情聴取を何とか切り抜けたとしても、そのあとに待ち受けているものは、果てしもないマスコミの騒乱であり、それに対処するのもまた理事の仕事なのだ。

私たちの担当刑事は室田《むろた》という、頭頂部の禿げ上がった愛想のいい中年男だった。話し好きと見えて、私が大学教授だけでなく、推理作家でもあると分かると、事件とあまり関係のない話まで仕掛けてくる。

私のほうも、この際、作品に役立つ警察情報を知りたいという下心があって、室田の滑舌《かつぜつ》をなめらかにするような質問をするため、いったん脇道にそれた話は、なかなか元に戻らなくなってしまうのだ。

「それにしても、先生、重田って、見た目はごく普通のイケメン男子ですよね。少なくとも、トイレで女子職員とセックスするような変態には見えませんよ。でも、先生は僕たちとは違って、重田のことをよく知ってたわけだから、彼の変態性には気づいていたんでしょ」

「いや、ぜんぜん」

「本当ですか？」

「ああ、他人《ひと》に気づかれるようじゃ、変態としては底が浅いよ。真の変態は、もっと奥深いんだ」

ここで、希和がいつも通りケラケラと笑った。しかし、安藤はいぶかしげな表情だ。まるで、私も変態かも知れないと疑っているようにさえ見える。ただ、安藤はすぐに話題を変えた。

「それと先生、重田を捕まえたときの説明は、あれでよかったんでしょうか？　僕、正直なところ、あまりよく覚えていないんですよ」

希和が再び笑い、安藤をからかうように言った。

「だって、安藤君、ものすごい興奮状態だったでしょ。相手は、抵抗する様子なんか、まったくなかったのに、ずっと羽交《はが》い締めにしてるんだもの」

安藤が何か答えようとした瞬間、店の従業員が注文を取りに来たので、話は中断された。相変わらず暑い日だったので、私たちは三人ともまずは生ビールを注文した。

希和と安藤が、食べ物の注文を相談している姿をぼんやりと見つめながら、私は昨夜の混乱を思い浮かべていた。

ゼミでは、遠藤周作《えんどうしゅうさく》の原作に基づいた映画『海《うみ》と毒薬《どくやく》』を上映した。ただ、その日は私の最初の解説が長すぎたため、映画が終わったのは午後八時を十分くらい回ったときだった。安藤と希和以外の他のゼミ生は、そそくさと帰っていったが、私から飲みの誘いがかかるのを待っているように見えた二人には、十六階の私の研究室に来るように声を掛けた。

「今日は、少し十五階の様子を見てから、飲みに行こうじゃないか」

私が研究室でそう言ったとき、すでに時刻は午後八時二十分を少し回っていた。二人とも、何となく私の意図を察していたのか、特に質問することなくうなずいた。

十五階は予想通り、閑散としていた。エレベーターホール前に授業帰りと思われる男女のグループが十名前後いたものの、それ以外の通路には人影はほとんど見えなかった。一番西端《せいたん》にある男女のトイレ前にも、誰もいない。

「ここが問題のトイレですね」

安藤がのんびりした口調で言った。青と赤の人の形で男女を表示しているが、通路の蛍光灯の光は微弱で、その識別はそれほどはっきりしていなかった。

そのとき、女子トイレの中から、小さいが、鋭い叫び声が聞こえたように思えた。一瞬、三人が顔を見合わせた。ただ、私には空耳のようにも聞こえ、確信が持てなかった。

「中に入ってみます」

私が止める間もなく、希和が動いた。

「何かあったら、大声で悲鳴をあげろ」

私はほとんど消えかかった希和の背中に向かって、押し殺した声を浴びせた。

その直後、さっそくつんざくような悲鳴が響き渡った。希和の声だ。

「安藤君！」

私が叫びながら、扉に手を掛けた瞬間、誰かにはじき飛ばされた。大きくよろめき、通路の床に両手をついた。その横を疾風のように巨体が通り過ぎるのを感じた。安藤が私を突き飛ばして、中に侵入したのだ。私はよろめきながら立ち上がり、そのあとに続いた。

恐ろしい光景だった。飛び込みざま私の目に映ったのは、安藤に羽交い締めにされてうなだれる重田の青ざめた顔だ。その頭髪は乱れ、いつものダンディーな重田とは別人だった。

足下には苦しげに喉を鳴らして喘ぐ、小柄な女性が跪《ひざまず》いている。女性の口から血の混じった唾液が流れ、細ヒモが巻き付く首筋には紫色に充血した薄い索条痕《さくじょうこん》が見える。その上から、希和がまるで全身で被害者を守ろうとしているかのように、重田に背中を見せて、両手を広げて覆い被さっているのだ。

だが、一見して、重田に抵抗する気がないのは、すぐに分かった。私は安藤に向かって、静かに言った。

「安藤君、もういいよ。その人に抵抗する気はないから」

だが、安藤も緊張と興奮の極地にあるからなのか、なかなか手を放そうとしない。まるで人を初めて切った武士が、刀にへばりつく手を切り離せないような状態なのだ。私が安藤に近づき、肩を三度軽く叩くと、安藤はようやく重田を解放した。

「先生、警察に通報ですよね」

安藤がズボンのポケットから携帯を取り出しながら、大声で叫んだ。一瞬、迷った。重田の人生を考えた。

しかし、ここまでやったら、露見《ろけん》は免れないだろう。しかし、一部の慈悲は掛けてやるべきだ。私は自首という言葉を思い浮かべた。

「待て。それは重田さん自身にやってもらったほうがいい。もちろん、救急車も呼んでもらいましょう」

一分ほど沈黙が続いた。やがて、携帯を取り出した重田の掠れた声が、私の耳に響いた。

「人を殺そうとしてしまいました。救急車も御願いします。場所は、新宿区の無双大学リーガルタワーの十五階女子トイレ内です」

その間、立ち上がった新野香澄に希和がハンカチを渡し、香澄は嗚咽《おえつ》しながら、口の辺りをハンカチで拭っていた。

「しかし、謎は残りましたね。先生に昨日の夜、十五階の女子トイレに来るように密告した人物はいったい誰なんでしょうか？」

安藤が一杯目の生ビールを大きく傾けながら訊いた。実は、文学部の資料室にある私のメールボックスに、パソコンで印字された匿名の手紙が入っていて、私に午後八時三十分に、十五階の女子トイレの前まで来るように指示してあったのだ。

私は安藤と希和を私の研究室から十五階に誘ったとき、二人に過剰な緊張を与えるのを避けるために、その事実を知らせなかった。しかし、事件後は、警察だけでなく、安藤と希和にも話していたのだ。

　私は安藤が謎と言いながらも、誰のことを想定しているか、想像は付いていた。

「君は新野さんだと思ってるんだろ」

「ええ、二人がその日のその時刻にそういうことをするのを知っていたのは、重田と彼女だけですから。重田が自分の犯罪を密告するわけはないから、消去法で考えれば、彼女ということになります。でも、動機がイマイチ分からないんです」

「あるいは、彼女、重田が自分を殺そうとしているのを予感していたのかも知れないね」

　私は断言を避けた。そう考えても、やはり腑に落ちない点は残るのだ。

「しかし、先生への密告の手紙は彼女の仕業だとしても、『学生目安箱』への投書も本当に彼女なのでしょうか？」

「室田刑事の話では、今朝、病院で警察から事情聴取を受けたとき、彼女自身が、重田の指示でそうしたと言ってるそうだから、そうなんだろうね。ついでに言えば、やはり重田の指示で盗聴器を仕掛けたことも認めているらしい。あのトイレに人が近づかないようにするためにね」

　香澄は事件直後、救急車で病院に搬送されたまま、入院していた。ただ、怪我自体はたいしたことはなく、妊娠三ヶ月のお腹の子供も無事だという。

その日の午後退院となり、新宿署でより詳細な事情聴取を受けているはずだった。しかし、少なくとも私たちが新宿署にいた間は、新宿署における彼女の証言内容は伝わってこなかった。

「しかし、それじゃあ、ある意味では、彼女自身が、自分を殺すことに関して重田に協力していることになるじゃありませんか」

安藤の言うことは理解できた。そこで重田がどんな詐術を使って、香澄を丸め込んだのか、私自身も確信的な見解があったわけではない。

「そのあたりは新野さんや重田の供述を待つしかないね。ただ、彼らは女子トイレでセックスするというとんでもない行為をしていたわけだから、重田は、盗聴器を仕掛けて、関根先生に関するそういう噂を流せば、十五階のトイレには人はますます近づかなくなると新野さんに説明したのかも知れない。真の目的は新野さんを殺害することであることは、当然、隠していただろうけど」

「でも、人を遠ざけるためにそんな面倒なことをしたのはやっぱり不思議ですよ。セックスが目的だったにせよ、殺害が目的だったにせよ、人が入ってくる可能性がぐんと低くなる、十一時に近い時間を選んだほうがよっぽど安全じゃないですか」

「それはそういう時間にすれば、殺害の意図があることを新野さんに疑われることを恐れたんじゃないの」

私に代って、今度は希和が答えた。

「まあ、昨日のことはそうかも知れないけど、別に殺意がない頃でも、二人のセックスの時間は夜の八時から九時の間だったと重田は供述しているわけでしょ」

「それは、学生部の腕章を巻く以上、そういう時間帯にするしかなかったんでしょ」

安藤と希和の議論は続いた。私は静観した。

「それだけかな」

「他に何かあるの？」

「やっぱり、重田は先生も見抜けないほどの究極の変態だったんじゃないかな。人を遠ざけようとする工作をする一方で、人が入ってくるかも知れない時間帯を選ぶことで、重田は興奮していたんじゃないか。夜の十一時近くにセックスしたんじゃ、今の大学のキャンパス環境では、女子トイレに人が入ってくる可能性はほぼほぼないから、ラブホでセックスするのと変わりがないでしょ」

「それは安藤君が変態だから、そういう風に思うだけなの。人が変態なのはかってだけど、私的には変態は好きではありません」

希和は笑顔を絶やさず発言した。だが、安藤は見る見るしょんぼりして、黙り込んだ。

そのとき、私の携帯が鳴った。私は胸ポケットから携帯を取り出しながら、店の外の通路に出た。

「先生、本日はお疲れ様でした」

愛想のいい室田の声が受話器の向こうから聞こえて来た。私も形式的な挨拶の言葉を返した。

「それでお疲れのとき、申し訳ないのですが、本日の午後四時頃から退院した新野香澄の事情聴取を始めているのですが、彼女が妙なことを言い出しておりましてね。それで先生のご意見をお伺いしたいのですが」

「妙なこと？」

「ええ。重田が自分を殺害しようとしていたことは初めから分かっていたというんです。彼が妻子と別れて、自分と結婚する約束など嘘であり、自分の殺害を計画していたことなどとっくに見抜いていたというんですよ。だから、先生に匿名の手紙を送り、昨晩、十五階の女子トイレに来てもらい、彼を警察に引き渡すつもりだったと言っています。つまり、昨晩のことは彼女自身が仕組んだ復讐劇だったという趣旨の供述をしているわけです。もしこれが本当だとすれば、重田にとって、犯情という意味では大きな影響が出るわけでして——何と言うか、彼女が重田を嵌《は》めたとも言えるわけで、それでは彼女にも落ち度があったことになり、相対的に重田の罪が軽くなる可能性があるわけです」

「そうですか。やはり、そんなことを言っているんですか」

「やはりとおっしゃると、そういう彼女の供述を予想されていたということですか？」

「いや、そんなことはありません。ただ、密告の手紙を私のメールボックスに入れたのは、彼女かも知れないとは思っていましたから」

「そうですか。だとしたら、先生は、彼女のこういう供述をどうお考えになりますか。信憑性という意味で――」

「さあ、それは、私には何とも言えませんね。そこまで積極的な復讐だったかどうかは――」

　私は深い溜息を吐きながら語尾を濁した。

「そうですか。確かに、先生にしてみれば、そんなことを訊かれても答えようがありませんよね。ただ、推理作家としての芥川先生が、この点についてどんなご見解をお持ちか、少し興味があったもんですからね」

　室田は言いながら、場違いなほど明るい声で笑った。

「いや、推理作家というのは、どうしても自分の作品の中で、あらゆることを論理的に割り切って説明してしまうものです。しかし、実際の事件は、決して論理的には割り切れない得体の知れない何かが残るものでしょ。それは私より、あなたのほうがずっとよくご存じのはずです。私のような人間の机上《きじょう》の空論《くうろん》ではとても手に負えませんよ」

室田は私の発言にもう一度大きく笑い、丁重に礼の言葉を述べて電話を切った。私は考え込みながら、居酒屋の中に戻った。

安藤と希和がいつも通りの状態に戻って、談笑していた。特に、安藤は楽しそうだった。その間に料理が運ばれてきたらしく、テーブルの上には枝豆と冷や奴《やっこ》が並んでいる。

「室田刑事からだったよ」

私は室田から伝えられた香澄の証言を説明した。それから、付け加えるように言った。

「げに女は恐しきかな、だな」

しかし、これには希和が笑いながら反論した。

「先生、それは違うと思います。私に言わせれば、妻子がありながら独身女性と交際し、邪魔になると交際相手を殺害しようとする男のほうがよっぽど恐ろしいですよ」

「まあ、そう言われると、反論の言葉はないよな」

私はあっさりと希和の軍門《ぐんもん》に下った。

「でも先生、私はやっぱり新野さんは重田を庇《かば》っているような気がするんです。だって、そう言えば、重田の罪が軽くなることを頭のいい新野さんは分かっていると思うんです。最初は重田に対する憎しみのあまり、先生に密告したのかも知れないけど、重田が逮捕されてみると、やっぱり彼に対する愛を捨てきれなかったのかも。だから、わざとそう言って、重田を救おうとしているんじゃないでしょうか。そう思うと彼女が何だか可哀想で」

希和の言葉にはっとした。今更のように香澄が重田の子供を宿していることを意識した。しかし、希和の発言の正否は分からなかった。いや、それは永遠に解けることのない謎かも知れないのだ。ただ、私も希和も同じことを考えて、幾分気分が沈んでいるのは確かだった。

しばらく、沈黙が続いた。やがて、人情の機微《きび》に疎い安藤の爆弾発言が炸裂した。

「先生、話題は変わりますが、最近、谷崎の『鍵《かぎ》』と『瘋癲《ふうてん》老人日記』を読みましたよ。それにしても、谷崎は変態ですよね。あんな変態なのに、天才と評されるのは何故でしょうか？」

「それは因果関係が違う。天才だから変態であることが許されるんだ」

安藤は納得のいかない表情で首を横に捻った。

「天才なら、変態でもいいということですか？　そして、ただの変態は許されない？」

「そういうことだ！」

私の断言に希和がケラケラと笑った。安藤もそれにつり込まれるように笑う。しかし、私は重田と香澄のことを考えると、やはり気が重かった。

第2講座
心中の現象学
―純愛か殺人か―

◎課題図書
田宮虎彦『足摺岬』、
二葉亭四迷『浮雲』

◎検索キーワード
自殺の名所

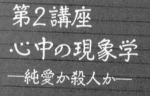

「ねえ、あなた、織田平《おだたいら》っていう作家知ってる?」

ある日、妻が訊いた。私は、軽い驚きを覚えた。妻の口から、そんな作家名が飛び出したのが意外だったのである。

というのも、妻は正真正銘の理科系人間で、情報科学を専攻していた大学生時代には、小説など一冊も読んだことがないと豪語していた。

「何で君がそんな名前を知ってるんだ?」

返事をするより前に、私のほうが訊き返した。五月の日曜日のことで、私は朝昼兼用の食事を自宅のリビングで取っているところだった。妻は午後から趣味の社交ダンスに出かけるため、すでに派手な紫色のドレスに着替え、私の前に座って紅茶を飲んでいた。

今年で三十歳になる妻とは、七年前、知人の紹介で出会った。妻はその頃はコンピューター関連の会社に勤めていたが、どちらかと言うと、内気な印象の女性だった。妻は私と結婚すると同時に仕事を辞め、専業主婦になっていた。

だが、今ではすっかり性格が変わり、何事にも積極的に関わるタイプなのだ。再び仕事を始めることはなかったが、趣味の社交ダンスだけでなく、様々なボランティア活動にも参加している。私と妻の間には子供がいないため、比較的自由な行動が妻に許されているのは確かだろう。

「有名なの？」

妻も私の問いを無視して、さらに訊き返してきた。

「ああ、有名だよ」

私は、昨晩の残りのスパゲッティ・ボンゴレを食べる手を止めて、幾分、力を込めて答えた。正確に言うと、「有名」という表現は適切ではなかった。作家としての知名度という意味では、私と似たり寄ったりだろう。

私は名前を聞けば誰もがうなずくような著名作家ではない。大学教授とミステリー作家の、二足の草鞋《わらじ》を履《は》いている人間の知名度がどの程度のものか、自ずと見当がつこうというものである。

しかし、私のことはともかく、織田平に限って言えば、その知名度を一言で言うのは、いかにも難しい対象だった。知る人ぞ知る、玄人好みの作家で、ノンフィクション風の非常に残虐な殺人小説を書いていた。私自身は作家になる前から彼の作品をけっこう読んでいて、ある意味では彼のファンだったのだ。

だから、いろいろと複雑なコメントを加えた上で、その知名度に言及したい作家だった。しかし、文学などつゆほども解さない妻にとっては、それはまったく無駄なコメントになるはずだったから、たった一言で片づけたのだ。「有名」というのは、「私にとって有名」という意味に過ぎない。

「へえ、そんなに有名なの。私の通っているダンス教室の主宰者なのよ」

妻が意外そうに言った。私のほうがもっと意外だった。確かに、一年ほど前、妻がダンス教室に通い始めたとき、その主宰者が小説を書いていたという話は、妻から聞いた記憶がある。

しかし、かつては小説家志望だったという程度の意味にしか受け取っていなかった。そんな人間はいくらでもいるのだ。

その主宰者が、織田平だとは、驚きだった。あの残酷な作風《さくふう》と、社交ダンスという取り合わせも、あまりにも想定外だった。

「本当か。俺は彼の作品なら、けっこうたくさん読んでるよ。確か、××短編推理小説新人賞を、取っているはずだよ」

「一番有名なのは何て作品？」

私は、ある作品名を言った。昭和四十年代に実際に起こった、連続殺人事件に取材した実録小説だった。その内容に少し触れただけで、残酷なことを特に嫌う妻は、眉をひそめて言った。

「そんな残酷な内容、嫌だわ。でも、もう目が悪くって、作家は廃業したって言ってたわ。文章も書かないし、本も読まないって」

「何歳くらいの人なんだ？」

「七十二歳だって、本人が言ってたわ」

確かに近年、織田の作品を新聞広告や書店で目にすることはなかった。私は、ある単行本の中に載っていた織田の顔写真を思い浮かべた。たぶん、三十代の頃の写真だろうが、目鼻立ちの整ったなかなかの好男子だった。

「会ってみる？」

「どうして？」

「だって、小説家としては、あなたより随分先輩で経験も積んでいるんだから、あなたにとって、参考になることを言ってくれるかも知れないじゃない」

「ばかばかしい」

私は、妻のあまりに素朴な発言に不機嫌になった。妻は、当然ながら小説というものがまるで分かっていない。

ベテランの小説家の意見が私の創作上の参考になると思い込んでいるようだが、小説家の世界は一般社会とは違う。経験よりも、才能や独創性が圧倒的に優先する世界なのだ。

私も大手出版社が主催するいくつかの文学賞のパーティーなどに招待されることがあり、そんな機会に今をときめく売れっ子作家たちと顔を合わせ、会話くらいはすることがある。

だが、彼らが作家としてのノウハウを積極的に語ることはないし、私も訊くことはない。勝手に考えろという世界なのだ。

もっとも、私がもともと私淑《ししゅく》していた織田平に会わないかという妻の言葉が魅力的に響いたのも、確かである。しかし、小説家としての妙なプライドが働いて、私はあっさりと妻の提案を却下してしまった。

ところが、皮肉な僥倖《ぎょうこう》と呼ぶべきか、妻の通うダンス教室でちょっとした「事件」が起こり、私は否応なく織田と顔を合わせざるを得なくなってしまった。妻が初めて織田の名前を出してから、一週間後のことである。

妻が、浮かぬ表情でダンス教室から帰ってきた。リビングのテーブルで、コーヒーを飲んでいた私の前に疲れ果てた表情で座り、ため息をついた。まだ、ダンス用のドレスを着替えていない。

「まいっちゃったわ。ダンス教室、出禁《できん》になっちゃったのよ」

「何をしでかしたんだ？」

「嫉妬よ、嫉妬」

　妻は、そう言うなり、幾分興奮した口調で、起こったことを話した。織田の妻に嫉妬され、手ひどい仕打ちを受けたというのだ。社交ダンスなどとはまったく縁のない私は、一体どんな人々がそういう場所に集まるのか、想像もつかなかった。

　だが、妻によれば、ほとんど全員が少なくとも六十を超える高齢者だという。それに男女の比率が偏っていて、女性が圧倒的に多く、男性の踊り手は常に不足しているらしい。そんなところへ、三十歳の妻が飛び込んでいったのだ。

　その結果、妻曰く、である。

「ただでさえ、男の人が足りないところで、みんな私と踊りたがるものだから、ますます女の人が余っちゃって——。三十なんて、私としてはオバサンになり掛かっていると焦っているのに、あそこの世界では断然若いのよ」

　しかし、織田の妻が嫉妬したのは、そういう妻の一般的人気に対してではない。彼女は、夫に対して、異常な執着を示しているというのだ。

　織田は若い頃からかなりもてたそうだから、彼の妻は浮気された苦い経験でもあるのだろうか。それはともかく、彼女は、私の妻がダンス終了後、織田を助けて、教室の片付けに加わることが気にいらなかったのだという。

「頭にきちゃうわ。私が、織田さんを誘ってるって、みんなにいいふらしてるのよ」

「織田氏は何て言ってるんだ」

「困り果ててたわ。私には、本当に申し訳ないとも言ってた。当然でしょ。私は、ただの親切で、後かたづけを手伝っただけなんだから」

「じゃ、君に非難されるべき所は、何もないじゃないか」

「そうよ。でも、織田さんたら、自分にはどうしようもないから、私にともかくしばらく休んでくれだって。これ以上迷惑を掛けたくないって言うのよ」

「自分に非がないと思うんだったら、構わず行けばいいじゃないか」

「うん、島村《しまむら》さんもそう言ってるわ。私が行かなくなっちゃうと、彼女も行きづらくなるって――」

島村というのは、妻を最初に社交ダンスに誘った近所の主婦である。私たちは、二年前に今の家に引っ越してきたから、妻と島村のつき合いはそれほど長いわけではない。

しかし、二人の年齢は相当離れているものの、かなり気が合うようで、近頃はさまざまな習い事や行事に一緒に出かけることが多い。島村の夫はやり手の実業家で、多忙を極める仕事人間らしい。

島村は妻とは正反対の文学好きで、私の小説も何冊か読んでいるという。私も島村と何度か顔を合わせたことがあるが、穏やかで知的な品のある女性だった。若く見える女性で五十代の印象だが、実際は六十を過ぎているらしい。

「でも、もう嫌よ。こうなったら、私だって行きたくないわよ」

妻は、口を尖らせてそう言うなり、不意に黙り込んだ。

だが、事件はこれで終わらなかった。その翌日から、もっと始末の悪いことが起こり始めたのだ。朝昼三回ずつの無言電話。夕方には、頼みもしない宅配ピザと寿司のすし桶が到着した。

さらに次の日は、そば屋の出前が届き、日付もスタンプも押していない差出人不明の怪文書が郵便受けで発見された。怪文書のタイトルは「ダンス教室における芥川《あくたがわ》光《ひかり》の御乱行」もちろん、光というのは、私の妻の名前である。

妻は切れた。最初は、島村に相談したらしいが、さすがに温厚な島村も妻の話を聞いてあきれかえり、毅然とした態度を取ることを勧めたようである。その忠告にも勇気づけられて、妻は織田に電話して、激しく抗議したのだ。

明確な証拠があるわけではなかったが、どう考えても犯人は織田の妻以外には考えられない。織田もそれを否定せず、恐縮しきっていたという。彼にとって、一番、堪えたのは、「夫にどう言いわけしたらいいんですか」という妻の言葉だったようだ。

「織田さん、明日、謝りに来るって。あなたにちゃんと事情を説明するそうよ」

織田との電話を切るなり、妻が言った。私は、当惑した。もちろん、織田平に会ってみたいという気持ちがなかったわけではない。しかし、こんな妙な理由での顔合わせは、さすがに予想していなかった。

「それは悪いよ。別に、織田氏に責任があるわけじゃないんだから」

「悪くないわよ。それくらいすべきよ。奥さんのしたことには、織田さんだって責任があるのよ」

妻は、断定的に言い放った。

翌日の午後五時頃、織田が約束通り、訪ねてきた。謝罪の気持ちを表すためか、「とらや」の羊羹《ようかん》を持参していた。

一見したところ、老舗《しにせ》商店の店主という風情だった。華奢な体つきで前頭部の髪が少し薄くなっていた。いささか痩せすぎで、見ようによっては、大きな手術の病後に見えなくはない。

だが、金縁の眼鏡がよく似合っていて、なかなか品がいい。今でも、男性としての魅力は十分に残っているように見えた。私たちはリビングのテーブルに対座して話した。

「織田さんの作品は、以前から、読ませていただいております」

私は、我ながら妙にへりくだって言った。

「ああ、そうですか。あなたもミステリーをお書きになっているそうですね」

私はたまたまコーヒーを運んできた妻の顔を見上げた。妻があらかじめ喋ったに違いない。織田の言い方からして、彼が私の作品を読んでいるようには思えなかった。あるいは、すでに断筆した織田は、ミステリー小説の現状にもあまり関心がないのかも知れない。だが、妻はそんなことはまるで意に介さず、堂々と言った。

「あなた、いい機会じゃない。いろいろと教えていただいたら。小説の書き方なんか――」

私は憮然としていた。だが、妻は平気な顔をして、コーヒーカップを私と織田の前に置き、自分も私の隣りに座った。

「とんでもない。ご主人は現役作家で、私はもう引退して忘れ去られた作家ですから――」

織田は苦笑を浮かべながら言った。「忘れ去られた作家」その言葉は、若干卑屈に聞こえた。

最初の三十分くらいは、そんなぎこちない会話が続いた。不思議なことに、織田の口からも妻の口からも、例の話はなかなか出てこない。ましてや、私から言い出せるはずもなかった。

ようやく雰囲気がうち解けてきた。妻がビールと簡単なつまみを出したこともある。酔いが回ると、織田も幾分饒舌になった。そして、その語り口調が、ていねい語と砕けた口語のほどよい混交《こんこう》になることに、私は気づき始めた。

「若い頃は、どんな作品がお好きだったんですか？」

すでに例のもめ事の話などどうでもいい気分になっていた。もともと私には関係のないことで、妻と織田の間でうまく解決できればそれでいいのだ。

それにしても、月並みな質問だった。だが、彼のような作風の作家が、いったいどんな作品の影響を受けていたのか、ふと興味が沸いたのだ。これは作家というより、大学の研究者としての興味に基づく質問だったのかも知れない。

「そうね。もう古い作品になっちゃったですけど、田宮虎彦《たみやとらひこ》の『足摺岬《あしずりみさき》』なんて作品は好きだったね。ストーリーはうろ覚えだけど、人生に絶望した自殺志願の学生が、泊った宿の女主人やお遍路や薬売りに助けられるって話でしょ。確か、そのあと主人公の学生は、女主人の娘と結婚するんだけど、結局、病気で死なせちゃうんだよね。今から思うと、随分、暗くてセンチメンタルな内容だったけど、あの頃は時代背景もあって、ああいう作品に惹《ひ》かれたんですよね」

意表を衝かれた。織田が得意とする実録小説風のミステリーとは、まったく雰囲気の違う作品である。

私も『足摺岬』は読んだことがあり、けっして嫌いな作品ではなかった。ただ、一応、純文学に分類される作品だから、織田がそれを第一に挙げたのが、いささか意外だった。しかも、織田はそのあと足摺岬に纏《まつ》わるひどくプライベートな話を始めたのだ。

妻も同席しているとは言え、初対面の私に、対してである。あたかも「足摺岬」という単語が、彼の内部に眠る回想の扉を開く鍵の役割を果たしたかのようだった。

「『足摺岬』が出版されたのは、昭和二十四年くらいでしょ。足摺岬という地名が全国的に有名になったのは、やっぱりあの作品が世に出たあとのことだね。今じゃ、国立公園の雄大な景観が売りらしいけど、当時は、「自殺の名所」ってことで有名だった。実は、あたしもね、昭和四十八年頃、足摺岬に行ったことがあるんですよ。あの小説の主人公と同じように、自殺しようと思ってね。それなりの動機はあったんですよ。その頃、二十七歳くらいだったと思うけど、小説は何度新人賞に投稿しても落選するし、生活のためにやっていたバーの経営もうまくいかず、質《たち》の悪い負債を抱えていた。

あたしの泊まったホテルからは、徒歩十分くらいであの有名な飛び込みの名所に着けた。ほら、よく観光案内書なんかの写真に出ている白い灯台のある絶壁ね。あの絶壁から見下ろす波の渦は、確かに一度飛び込んだら、死体は二度とあがらんだろうと思うほどすごかったね。あたしは、小説の主人公と同じように、思わず後ずさりしましたよ。こりゃダメだって感じ。周りの雰囲気も、小説とは違う意味でとても飛び込める雰囲気じゃない。午後一時頃だったけど、観光客がけっこういて、大声で笑いながら、記念写真を撮ってるんですよ。『飛び込む前に考えろ』とか書いてある立て看板もあるんだけど、なかにはその前でVサインを出しながら、写真を撮ってもらってるやつもいる。

何だかばかばかしくなりましたよ。死ぬにしても、他の方法があるんじゃないかとも思いましたよ。でも、やっぱり、足摺岬に飛び込むためにはるばるやって来たのに、別の方法で死ぬってのはね。そこで思ったわけ。夜になったら、暗くて下が見えなくなるから、恐怖心が薄らぎ、飛び込めるんじゃないかって。

だけど、ホテルはもうチェックアウトしてたから、夜までどこかで時間をつぶさなきゃならないでしょ。それで、昼飯《ひるめし》にしたわけ。とりあえず、飛び込み中止と決めたら、緊張感が解けて、少し腹が減り始めたんだね。

一番豪華そうなレストランに入った。実を言うと、借金で首が回らなくなってた割には、そのとき、あたしにしては大金を持ってたんですよ。三十万円以上持ってたんだね。ヤミ金融に五十万の金の返済を迫られていたんだけど、どうしてもその程度の金しか集められなくて、その金で何とか勘弁してもらおうと思ってたわけ。だけど、一応、死のうと決めたらまあ返さなくていいや、その金で思い切り飲み食いしてから死のうって気になって、その金を持ったまま東京を離れたわけなんです。でも、豪華そうなレストランって言ったって、所詮、観光地のレストラン。特にうまいものがあるわけじゃない。結局、ビールとハンバークステーキなんか食べて、時間をつぶしましたよ。どうにもやることがなくて困りましたよ。三階の展望レストランで、窓の外には荒波さかまく太平洋の黒潮がけっこう大きく見えているんだけど、いくら絶景と言っても、そんなの十分も見ていれば飽きちゃうでしょ。

いかにも、地方の観光地って感じで、レストラン内には、有線の歌謡曲が流れている。当時流行《はや》っていた曲、『女のみち』みたいな演歌や『学生街の喫茶店』みたいなフォークが聞こえていた。おりしも学生運動全盛の頃で、毎日、学生デモの画像をテレビで観ない日はなかったね。だけど、周囲を見ていると、やたらに新婚らしいカップルが多いんですよ。その頃は、海外旅行なんてそれほど珍しくもない時代になっていたけど、日本全国には足摺岬なんかを新婚旅行先に選ぶ人々がまだ相当いるんだと思うと、不思議な気がしたのを覚えていますよ。

そうやって、周囲をぼんやりと眺めているうちに、あたしは自分の左隣に座っている二人の男女のことが何故か気になりだしたんですよ。周りの家族連れやカップルは、みんなにぎやかに食事を取ってるのに、その二人が座るテーブルだけがお葬式みたいなんだもん。

だけどよく見ると、二人ともなかなか整った容姿をしているの。特に、女の容姿が印象的でしたね。すきっとした、清純な顔をしてるの。二十歳《はたち》を少し過ぎたくらいの女性だったですね。紺のジーンズに、さえない黒っぽいセーターを着ていて、そばに灰色のコートというか、レインコートというか、そんなのが置いてあったけど、何かあたしには惹き寄せられるものがあったんですよ。

やがて、女が伝票を持って、男と一緒に立ち上がった。あたしも反射的に自分の伝票を持って、一呼吸遅れる感じで、立ち上がりましたよ。何だか分からないけど、二人の行動をもう少し見守ってみたいというような奇妙な感覚が沸き起こっていたんだろうな。

ところが、レジのところで、ちょっとしたトラブルが起こったんですよ。あたしは、その男女の後ろに立って、自分の番を待ってたんだけど、二人の勘定がなかなか終わらない。いや、金額はとっくに出ているのに、女が財布の中をかき回すようにして、やけにもたもたしている。

そのうちに、男も慌てだして、着ていた薄汚い黒いジャンパーのポケットに手を突っ込んで、やっぱり金を探している雰囲気なんだね。ああ、金が足りないんだなって、すぐに分かった。

そのうちに困り果てたレジの女の子が店長を呼んじゃった。この店長っていうのが、実に威張った中年男で、レジの前で二人を責め立てたんですよ。その店長が説教というか、罵詈雑言《ばりぞうごん》というかそれをあんまり延々とやるもんだから、あたしの後ろにも次々に伝票を持った客が並んじゃって、一種の混乱状態になっちゃったんですよ。

それでついに、あたしが並ばされた客の代表みたいな感じで、「早くしろ」って、店長に文句を言ったんだね。ところが、店長と来たら、恐ろしく頭が固いばかで、この二人が金を払うまでは、この状況も仕方がないみたいなことを言うんだね。

金を払うったって、その二人に金がないのは明らかなんだから、その店長の言ってることはまったく無意味なんだよ。いえね、あたしも水商売やってたくらいだから、けっして気が短くはないんですよ。毎晩、酔っぱらいの相手をしてましたからね。でもね、そのときは、その店長の石頭ぶりに、さすがのあたしも切れたね。

何度か堂々巡りの言い合いをしたあとで、『それくらいのはした金、許してやれよ』って言ったわけ。そしたら、店長も売り言葉に買い言葉って感じで、『あんた、自分で払いもしないくせに、そんな適当なこと言うんじゃない』って応じたわけですよ。それで、結局、あたしが自分の分とその二人の足りない料金まで払った。店長に向かって、捨て台詞《ぜりふ》と一万円札を投げつけ、お釣りももらわずさっさとそのレストランを出たわけですよ。

レストランを出ると、あたしは猛烈な早足で歩きましたよ。やっぱり興奮してたんだね。花の落ちた椿《つばき》の木が、瘤みたいな節《ふし》を剝き出しにして、絡み合っている遊歩道をむちゃくちゃに歩いた記憶がありますよ。確か季節は、三月か四月の春だったと思うね。そのときまで、知らなかったんだけど、足摺岬っていうとこは、椿の名所でね。春の盛りには、椿の花が満開になるのが普通なんですよ。ところが、その年の春はやたらに風が強くて、せっかく咲いた椿の花のかなり多くを吹き飛ばしてしまっていたんだな。

まあ、それはともかく、その遊歩道をわけもなく歩いているうちに、いつの間にか、例の自殺の名所に戻ってきちゃったわけですよ。観光客の数は、随分、減ってましたね。雨がぽつりぽつりと落ちてきていたからね。でも、あたしは、囲い柵のある崖の先端から、十メートルくらい奥に引っ込んだ公園みたいな窪地にある、ベンチに一人座ってぼんやりしていましたよ。

そしたら、例の男女が息せき切って遊歩道の山道を登ってきたんですよ。女のほうがあたしのほうに近づいて来て、ぺこりと頭を下げると、泣きそうな声で、いや、実際、目に涙が滲んでいたんだけどね。『さっきは本当にありがとうございました』って言うんだよ。

それから、着ていたレインコートのポケットから、千円札何枚かと、それに硬貨を取り出して、差し出すんだよね。『それ、なんだ?』って、訊いたら『さっきのお釣りです』って言うんだ。はっきり言わなかったけど、どうやらレストランの店長が返してこいって、言ったみたいなんですね。

でも、あたしは大人気《おとなげ》なく、『そんな金は要《い》らない』って言った。女は当然のことながら、困り果てた顔をしてたね。だから、もう一度、こう言ったんですよ。『そんな金は要らないから君らにあげる』って。だけど、そのデリカシーのない言葉が彼女をひどく傷つけたみたいね。彼女、突然、声をあげておいおいと子供みたいに泣き出したんですよ。

まあ、周囲にあまり人はいなかったけど、それでも少しはいたから、みんなこっちを見ていて、恥ずかしいことこの上ないんですよ。まるで、あたしがいじめて、泣かせたみたいじゃないですか。

男ときたら、少しはなだめりゃいいのに、でくのぼうみたいに、女の後ろに突っ立ってるだけなんだよね。仕方がないから、あたしがなぐさめるような形になっちゃって、ともかくその釣り銭を受け取った上で、二人をあたしの横のベンチに座らせて、二人の身の上話を聞くことになったわけ。

二人は大阪の印刷会社の同僚だった。女は文選工《ぶんせんこう》で、男は経理担当者。もちろん、恋人どうしだったわけだね。二人とも、あたしに話すときは、つとめて標準語を使ってたけど、そのイントネーションには、色濃い関西なまりが感じられたね。でも、話してみると、ますますその女性が気に入ってね。とっても、純情ないい娘《こ》なんですよ。父親は彼女が物心《ものごころ》つく前に病死していて、運送会社の寮の賄い婦をしていた母親に育てられた。まあ、母一人子一人の貧しい母子家庭の環境に育ったわけですよね。母親を助けるために、中学を出たあと、すぐにその印刷会社に勤めて、文選工になった。ただ、男のほうは、高卒で商業高校出身だったから、経理の仕事を任せられていた。この男は口の利き方なんかは、丁寧で一見好青年という感じなんだけど、ちょっとずるいという印象はあったね。

でも、女性の説明じゃあ、この男、今じゃとても見つけることができない孝行息子なんですよ。実は、母親が長年血液の難病を患っていて、一人息子の彼は、その母親の面倒をずっと看てきたっていうんだよ。父親は、母親の病気がひどくなると、外に女を作って、ゆくえ知れず。まあ、よくある話ですよね。

ところが、男が経理をごまかして、会社の金をくすねちゃった。でも、女は徹底的に男を庇うわけですよ。つまり、母親の治療費を捻出《ねんしゅつ》するために、やむなくやったことだというわけ。もちろん、どんな動機であれ、法律的にはそれは一応、横領になるわけだけど。

その横領が社長にばれちゃった。この社長って人が、随分、芝居がかった人でね。男に向かって、こう言ったらしい。『私はお前をすぐにでも警察に突き出すことができる。しかし、一週間だけ待とう。その間《あいだ》に、横領した金、二十五万四千二十三円を作って返しなさい。私はびた一文《いちもん》まけることはしない。私には、一人娘がいるが、仮に娘であっても同じような罪の償いをさせるだろう。その代わり、期日までに返済できたら、私は今度のことはなかったことにして、今まで通り、お前を雇い続けよう』

それで、二人は必死で金策に走ったらしいけど、若い二人に、大金を貸してくれる所なんかない。男は、絶対に警察に突き出されたくない。そこで、死ぬと言い出した。病気の母親を残してまで、死を選ぶというのは、あたしには不思議だったけど、まあ、それだけ追い詰められていたということかね。

女も、再三男をなだめ、母親のためにも生きなきゃダメだと言ったらしいけど、男はもうダメだの一点張り。そこで、女もとうとう折れて、一緒に死のうという気持ちになって、足摺岬まで来たって言うんです。

話を聞いて、思わず苦笑いしましたよ。つくづく貧富というのは、相対的だなとも思いましたよ。たぶん、二人にとっては、二十五万そこそこという金は途方もなく莫大なものに思われてたんでしょうね。

でも、そんな金、あたしのそのときの所持金で返せちゃうわけだ。あたしも貧乏ということにかけては、人にひけをとらないつもりだったけれど、上には上があると言うか、それとも下には下があると言うか、本当に人生というのは、皮肉だなと思いましたよ。

でも、あたしは迷ってた。この若い二人を死なせちゃいけないという倫理観はあった。だけど、自分でも死のうとしている人間が、この二人に『死んじゃいかん』って言ったって、説得力があるわけないでしょ。それでも、三人で周りがすっかり闇になるまで四時間くらい話し込んだあげく、あたしはふと気がついたんですよ。自分の持っている三十万程度の金の内、二十五万をこの二人にくれてやろう。

何でそんな簡単なことを思いつかなかったんだろうと思いましたよ。だって、そうじゃないですか。あたしが死ぬという前提に立てば、金なんかあたしには、もう不要だ。でも、今から考えれば、全額やらないで、数万の金を残したところが、生きたいという未練と繋がっていたんでしょうけどね。つまり、東京までの交通費などの当座の金だけは残しておこうというせこさと言うか——

とにかく、あたしはこの二人に二十五万くれてやるということを申し出た。ちょうど雨が激しくなってきて、三人ともかなり濡れながら、灯台の絶壁から、もう一つの自殺の名所、千万滝《せんまんたき》にふらふらと歩いてきたころだったね。下は暗闇の中、ほとんど何も見えなかったけど、波が寄せる轟音だけが不気味に響いていましたけどね。理由もはっきり言いましたよ。実は、自分も死ぬつもりだったってね。二人ともびっくりしてましたよ。でも、反応はかなり違った。

女は、ひどく潔癖で、そんな金は絶対に受け取れないって感じだったけど、男は死にたくないというのがけっこうはっきりと顔に出ていて、あたしの有り難い申し出に期待が滲み出ていましたよ。結局、あたしは死ぬのをやめて、この金を貸すことにするから、それでいいことにしようやってことになった。

ずいぶんいい加減な解決策に見えるけど、あたしがその金を貸すということにしなきゃ、少なくとも女は、絶対にその金をあたしから受け取ることに同意しないだろうと思ったんですよ。そのためには、あたしがもう少しがまんして生きるしかない。死んじゃったら、返しようがないでしょ。

まあ、今から考えると、それは理屈で、本音を言えば、あたしも死ぬのが嫌になって、生きる口実を探してたのかも知れないけど。あたしたちは名前と住所を交換した。二人は、経済的余裕ができたら、必ず連絡して、その金を返すって約束した。あたしは、何度もお礼を繰り返す二人をそこに残したまま、一人遊歩道の山道を下って、引き返した。結局、その日は、また元のホテルに戻って、もう一晩泊まった。何となくいいことをした気分で、気持ちがよかった。

ところが、事態は意外な展開を遂げたんですよ。翌日になって、あたしが会った二人のうち、男のほうがあの絶壁の下の岩場の陰で、血だらけの死体となって発見されたんです。女は姿を消していた」

翌日、大学でゼミの授業があった。私が担当する「日本近代文学演習」を受講するゼミ生は六人だ。男子学生が一人で、あとはすべて女子学生だった。

文学部だからもともと女子学生の比率が高いのは当然だが、文学作品に対する関心は、男女を問わず、学生全般に低調である。人気があるのは、もう少し実利的な価値のある英語や心理学、あるいは歴女《れきじょ》ブームの影響を受けている日本史などのゼミだろう。

六人というのは、もちろん、不人気ゼミの範疇《はんちゅう》には入る。だが、織田風に言えば、私も不人気ゼミということにかけては、人にひけをとらないつもりだったけれど、上には上があると言うか、それとも下には下があると言うか、一人、もしくはゼロゼミもそんなに珍しくはない。

ゼミ修了後、二人のゼミ生と飲んだ。私のほうから声を掛けたのだ。正式のゼミコンでない限り、私から学生を飲みに誘うとき、私がおごると学生たちは理解しており、私は実際にそうしていた。従って、その日、私の誘いに応じたのは二人だけだったので、懐具合という意味では、内心ほっとしていた。

その日の飲み会に参加したのは、やはり、安藤謙介と篠田希和だった。二人は、必ず付き合ってくれる常連である。安藤は黒縁の眼鏡を掛けた体の大きな、本質的には気のいい男だ。ただ、かなり変わり者であるのは、間違いない。

希和は私のお気に入りだった。髪は短髪で、一見男の子と見間違える印象だが、よく見ると整った顔立ちである。地味で、美しさが隠蔽されていること。これが、容姿に関する、私の好みの基準だった。派手で、一見して美人に見える目立つ顔は嫌いなのだ。

だが、セクハラやパワハラの詮議《せんぎ》がうるさい昨今、そんなことは口にできるはずもない。実際、私は希和が他の男子学生にどの程度人気があるのか分からなかった。

希和には悪いが、私は内心では希和が案外男性に人気のないのを願っていた。別に、邪《よこしま》な気持ちがあったわけではない。ただ、男というものは、自分の美観が他人《ひと》と違うことに、妙なプライドを持っているものなのだ。

大学近くの居酒屋「六助厨房」で飲んだ。安藤は酒好きだが、強さという点では、希和のほうがもっと上である。しかも、希和は最近の女子学生が好むような甘いカクテル系のアルコールなど一切飲まず、日本酒や焼酎をグビグビと飲み、それでいて顔色も変えず、ケロッとしている。

生ビールのあと、私は「司牡丹《つかさぼたん》」を注文した。高知県の日本酒である。この注文に、織田の話が多少とも影響していたことは否定できない。

「えっ、この店、司牡丹が置いてあるんですか」

希和が素《す》っ頓狂《とんきょう》な声を上げた。その表情はいかにも嬉しそうだった。自分も飲みたいとその顔に書いてある。しかし、いくら日本酒好きだと言っても、今時の若い女子学生がそういう特定の銘柄を知っているのは、不思議だった。

「君、司牡丹を知ってるの？」

「ええ、私の地元のお酒なんです」

「じゃあ、君は高知県出身なんだ」

希和は嬉しそうにうなずいた。そう言えば、希和は基本的には標準語で話したが、ときおり語尾に関西なまりに似たアクセントを感じることがあった。実は、私の母親は大阪の出身だったので、私は関西方面のアクセントには敏感なのだ。私自身は東京生まれの東京育ちだったが。

もっとも、大阪弁と高知弁のアクセントを区別できるわけではなく、同じような関西方面のアクセントと感じてしまう。すると、私が普段希和の言葉の語尾に感じていた微妙な違和感は、高知弁のアクセントのせいだったのか。

「土佐清水《とさしみず》って知ってる？」

私は重ねて訊いた。

「はい。実家は高知市内にあるんですが、土佐清水は高知市内から土佐《とさ》くろしお鉄道で中村《なかむら》というところまで行き、そこからバスを乗り継いで三時間くらいの場所なんです」

「じゃあ、足摺岬も知ってるね？」

「ええ、もちろん」

答えながら、希和は何故か、ケラケラと笑った。私の訊き方がしつこいのがおかしかったのかも知れない。だいいち、高知県の人間で、土佐清水も足摺岬も知らない人間など考えにくいのだ。

「君は足摺岬にも行ったことがあるんだろ」

私は希和の笑いに巻き込まれず、さらにくどく訊いた。希和も私の真剣な気配を感じ取ったのか、笑いを止めて真顔《まがお》に戻った。

「ええ、ありますけど、足摺岬って高知市内から行っても、本当に遠いところなんです。だって、土佐清水に着いたって、そこからまたバスで四十分くらい行かなくちゃ行けないいんですよ。高知市内から行く場合、自分の車で直行すればもう少し早いですけど、バスだけで行っても、鉄道とバスの組み合わせで行っても、待ち時間を入れたら、片道で四時間から五時間くらい掛かるんです。ですから、そんなに気楽に行ける場所じゃないんです。私も小学校や中学校の遠足で一回か二回行ったことがあるくらいで、有名な国立公園だってことはみんな知ってるけど、高知県人ならほとんどの人が行く場所というわけでもないんです」

やはり、そうなのか。私自身は足摺岬には行ったことがなかった。東京から飛行機で高知空港までは飛ぶことはできるが、昭和四十年代の飛行機の利用は今ほど普通ではなかっただろうから、織田が飛行機を利用したとは限らない。東京からも、新幹線などの鉄道を利用したとしたら、恐ろしい長旅になったに違いない。

「先生、足摺岬の話を小説で書くつもりなんですか?」

唐揚げをほおばりながら、生ビールを飲んでいた安藤が口を挟んできた。

「まあ、そんなところだ」

まさか本当のことを言うわけにはいかないため、私はやむを得ず、安藤の質問を肯定した。田宮虎彦がすでに『足摺岬』を書いていることなど、今の学生が知るはずもなかったし、私もあえて言わなかった。

そのあと、私と希和は司牡丹の冷酒を飲み、安藤は生ビールのお代わりを続けた。安藤は、ビール党なのだ。そのせいか、年齢の割には、若干腹が出過ぎているように見える。

「ところで、今じゃ、心中みたいなものは流行《はや》らないんだろうかね?」

三人のアルコールが相当に進んだところで、私はこう訊いた。織田の話が私の頭にあったのは確かだが、その文脈は伏せた。

その時期、ゼミでは恋愛論をやっていて、恋愛小説の嚆矢《こうし》たる二葉亭四迷《ふたばていしめい》の『浮《うき》雲《ぐも》』を読んでいたから、そういう文脈を踏まえた上での質問でもあった。あまりにも古い明治文学に今の学生の関心を惹き寄せるためには、現代の話と比較させるのが一番効果的なのは私も自覚していた。

もちろん、『浮雲』は心中話ではない。だが、主人公の文三《ぶんぞう》は陰気くさい印象が災いするのか、女子学生からはきわめて不人気で、お勢《せい》が文三を離れて本田《ほんだ》に惹かれていくのは当然と考えている者が多い。つまり、文三に対する同情の声はほとんど聞かれないのだ。

『浮雲』は未完であるから、私は面白半分に、ある日のゼミで、その続きを学生たちに語らせてみたことがあった。そのとき、文三の言われ方は散々で、自殺するのはまだいいほうで、ひどいのは猟奇殺人鬼になって何人もの人を殺して逮捕され、死刑を執行されるというものまであった。もっとも、二葉亭自身が、文三は絶望のあまり発狂するという構想を持っていたそうだから、猟奇殺人鬼と大差はないのかも知れない。

その中で、希和だけが、最終的に本田に弄《もてあそ》ばれて捨てられるお勢とのヨリが戻り、二人は心中するというストーリーを語った。だから、私がこう訊いた背景には、ゼミにおける希和の発言があったのだ。

「今じゃ、心中は無理でしょ。そんな言葉を知らないヤツだっていますからね」

安藤が言った。安藤もゼミでの議論は知っているので、私が何故そんなことを訊いたのか、分かっていたはずである。それにしても、心中という言葉さえ知らないとは、俄《にわか》には信じられなかったが、そういう学生がいてもおかしくはない世の中になりつつあるのは確かだった。

「そうでもないよ。私がああいうストーリーを喋ったのは、もちろん、明治という時代背景を考えたからだけど、現代だって心中という考え方が好きな子は絶対いると思う」

希和が安藤に異を唱えた。砕けた喋り方で、私と話すときとは、はっきりと言葉遣いを区別していた。

「じゃあ、例えば君が安藤君と恋仲だとして、安藤君が大きな借金をこしらえてしまったとしよう。そのとき、安藤君が借金の返済の目処が立たず、自殺したいって言ったら、一緒に死んであげるの？」

私も多少酔いが回っていたのだろう。これは、安藤にとっては、はなはだ迷惑な例え話だったに違いない。

「安藤君だったら、ムリです」

希和はまたもやケラケラと笑いながら答えた。よく笑う女性なのだ。私も思わず、つり込まれて笑った。

しかし、安藤を見ると、若干傷ついた表情で、黙りこくっている。安藤が希和を好きなのは間違いないと思った。

いや、それはそのとき初めて感じたことではなく、普段から何となく感じていたことではある。安藤はどう見ても神経質には見えない男だが、希和に関しては妙に過敏な反応をすることがあるのだ。

「足摺岬もかつては自殺の名所で、心中志願のカップルもよく来てたらしいよ」

私は多少とも安藤の気持ちを慮《おもんぱか》って、話題を変えるように言った。

「へえ、そうですか。そんな話、初めて聞きました」

希和が何の屈託もない口調で言った。安藤のことを気にしている様子はまるでない。希和にしてみれば、安藤について言ったことはただの冗談に過ぎないのだろう。

「そうか、高知県人さえ、若い人はそんなことはもう知らないんだろうな」

言いながら、私は織田の顔を思い浮かべていた。彼は、あの日、足摺岬に纏《まつ》わる個人的体験談を長々と話したあと、その話の結末にはまったく言及することなく、不意に話をやめてしまった。そして、その直後に、自分の妻のことで私たちに謝罪したのだ。

だが、私にしてみると、そんなことはもうどうでもいい気分になっていた。彼の個人的体験談の結末が気になってならなかったのだ。だが、織田は、それ以上続きを語ろうとせず、逃げるように帰って行った。

奇妙な言動だった。私は、織田があんな話を何故初対面の私にしたのかを考え続けていた。

「先生、今度足摺岬に関して書く小説の中で、僕を登場させてくださいよ。一人で自殺する文三みたいな孤独な男で構いませんから」

安藤が気を取り直したように言った。若干自虐的に響く発言だ。文三が自殺すると決めているようだが、実際の作品は未完だから、どうなったかは分からない。

再び、希和がケラケラと笑った。だが、私はまったく別のことを考えていた。

それから一週間後、私が大学から帰宅して玄関にあがると、隣室のリビングからひそひそ声の会話が聞こえた。リビングに入ると、品のいい雰囲気の年輩の主婦が慌てて立ち上がって、挨拶した。島村だった。

「また、やられちゃった。今度は中華料理」

私に背中を向ける格好で、テーブルの椅子に座っていた妻が、振り向きざま言った。

私は、テーブルの上にずらりと並んだエビチリやマーボー豆腐の皿を見つめた。

「ほうっ、昼間から豪勢だね」

私は、半ばやけ気味に、茶化すように言った。

「冗談言ってる場合じゃないわよ。出前運んできたおじさん、いくらでもいいから引き取ってくれって言って、譲らないんだもん。結局、三分の一の値段で、引き取ったのよ。でも、一人じゃ食べきれないから、島村さんに来てもらって食べるの手伝ってもらってるの」

島村は、当然のことながら、当惑気味の表情だった。

「あなたも食べる？」

「いや、俺はもう昼飯を食った。余ったら、夜食うよ」

その日の授業は、午前中だけで会議もなかった。時刻はまだ午後二時を少し回ったばかりである。実業家である島村の夫は、平日のこんな時間帯に帰ってくることなどあり得ないだろうから、その意味でも島村は面食らっている感じだった。

「それにしても、島村さんもこんなことに付き合わされてさぞご迷惑でしょ」

私は、妻の横に座りながら、慰労するように言った。

「いえ、とんでもありません。でも、私がダンスなんかに誘ってしまったからこんなことになってしまって、かえって申し訳ないと思ってるんです」

「それにしても、織田さん、なぜあんな話をしたんだろうか。今度のことと何か関係があるのかしら」

妻がぽつりと言った。もちろん、「あんな話」とは、足摺岬の話である。私は、ふと島村の顔を見た。

うつむき加減に顔を伏せている。品のいい金縁の眼鏡を人差し指で軽く押し上げ、落ち着かない様子になった。

私は、直感した。妻は、島村にも、織田の語ったことを話したに違いない。

「やっぱりあなたが言うように、二つのことは関係ありね」

私も島村も、返事をしなかったので、妻が自分の質問に答える形で言った。それは確かに私の推理でもあった。つまり、織田の異常な長話が、現在起こっていることに対する説明のイントロだった可能性は否定できなかった。

「ねえ、島村さんどう思います？」

相変わらず返事をしない二人に対して、業《ごう》を煮やしたように妻が言った。

「うん、話自体は本当かも知れないわね」

島村が遠慮がちに答える。

「となると、その自殺志願だった二人のうち、女はやっぱり今の彼の奥さんなのかしら」

「それは分からないよ」

私は島村の手前、諭《さと》すように言った。

「何言ってるのよ。あなただってそう言ってたじゃないの。年齢的にだって、大ざっぱには一致してるわ」

「うん、それはそうだが――」

私は、妻の勢いに気圧《けお》されるように口ごもった。確かに年齢的にもある程度符合している。

昭和四十八年頃の段階で、織田の目にその女が二十歳を少し過ぎたくらいに見えたとしたら、四十五年ほど経った現在、六十五くらいの年齢のはずである。そして、織田の妻も、ほぼそれくらいの年齢だという。

「それに織田さんの奥さんって、年齢の割にけっこうきれいな人よね。島村さん、そう思いません？」

「そうよ。私ははじめてお会いしたときからそう思ってました」

意外だった。私は、妻の発言から、そういう印象をまったく受けていなかったのだ。おそらく、妻は怒りのあまりマイナスイメージばかりを強調していたので、誤解が生じたのだろう。私はどちらかと言うと、風采のあがらない、いかにも嫉妬深そうな年輩女性を想像していたのだ。

「でも、もしその女性と織田さんの奥さんが同一人物だとすると、これは大変なことよ。だって、男の人は足摺岬の岩場の陰で、死体となって発見されたんでしょ。それに、女の人はゆくえをくらましたわけよね。織田さん、その女が男を殺したのかも知れないという口調だったわ」

「めったなこと言うもんじゃないよ。そうしたら、織田氏の奥さんが殺人犯ってことになっちゃうじゃないか」

得体の知れない緊張感が疼痛のように胸部に差し込んでくるのを感じた。私の言葉に、妻も島村も黙り込んでいる。

「あの――」

しばらくしてから、その異様な沈黙を破ったのは、意外にも島村だった。

「私、さっき奥さんからこの話を聞いたときは黙ってたんですけど、実はその話の続きを知ってるんです」

島村は、そのときだけは妻に向かってというよりは、私に向かって、口ごもりながら言った。

「何ですって――」

私は驚愕した。妻も言葉には出さなかったが、同じ気持ちだったのだろう。

「だって、その話、織田さん、自分の小説にお書きになってるんですもの。確か『断崖』って、タイトルだったと思いますが、ご存じありません？」

「さあ――」

そんなタイトルの作品は知らなかった。もちろん、私は織田の作品をすべて読んでいるわけではないので、知らない作品があっても、少しも不思議ではない。私は島村がかなりの文学好きだという、妻から聞いた話を思い出した。

「どんな内容なんですか？」

「さっき奥さんから聞いた話とそっくりです。織田さんにしては、自伝的な色彩が強い作品だと思いますが――『私』という一人称小説で、前半のストーリーもほぼ同じ。後半の展開は、『私』が東京に戻って、覚悟を決めてやみ金融をしているやくざの組長のところに謝りに行くと、この男が意外な好人物で、あっさりと許してくれた上で、業界紙の編集を頼まれたりするんです。そんな幸運もあって、やがて、『私』は、ミステリーの新人賞を取って有名になるんです。そして、足摺岬で女に会ってから、十五年くらいたったとき、突然、その女が東京の書店でサイン会をしている『私』のところに訪ねてきて、借りていた二十五万を返した上で、十五年前の真相を語るんです」

「やっぱり、女が男を殺していたということになるんですか？」

私は、身を乗り出すようにして訊いた。

「それがけっこう説明が難しい結論なんです」

島村の話によると、その小説の中では、男の死の真相は、次のように説明されるという。

女は、男に騙《だま》されていた。男が女を足摺岬に連れてきたのは、心中が目的ではなかった。女を殺害するのが目的だったのだ。横領の問題は、とっくに解決がついていた。実は、男は思わぬほどのドン・ファンで、二人が勤めていた印刷会社の社長の娘とも男女の仲だったのである。

社長は最初その事実を知らなかったから、「警察に突き出すぞ」と責め立てた。しかし、娘から二人の関係を知らされて態度を豹変させる。

娘のほうがすっかり男に惚れていて、結婚できなければ死ぬと騒ぎ立てたのだ。横領も男の単独犯というより、娘の教唆《きょうさ》によって行われたらしい。一人娘がかわいくて仕方がない社長は、男を養子に迎えるという条件で男を許し、横領の件も不問に付した。

社長の娘との結婚が決まった以上、男にとって文選工の女は邪魔者でしかない。もちろん、文選工の女には、自分の恋人と社長の娘の関係など、知る由もない。二人は堅く将来を誓いあった仲だったので、男も、女と簡単に別れられるとはとうてい思えなかった。

だから、殺すしかないと考えていたのである。実際、男にしてみれば、千載一遇《せんざいいちぐう》のチャンスだった。

この結婚さえ決まれば、憎むべき貧困から逃れられるのだ。その印刷会社は、中小企業とは言え、経営自体はけっして悪くなかった。

ちょうど高度成長経済の後半期が終わった頃だったが、今と違って、中小企業の大半が、それなりに潤っていた時代だったのだ。母親が難病なのは本当で、彼の結婚によって、その治療にも幾分の光明が見えてくるのも確かだった。

だが、話を複雑にしたのが、足摺岬で偶然に出会った人物から渡された二十五万という大金だったのだ。男は、ふと気が変わった。もともと気の弱い男である。殺人など望むはずもなかった。その大金は、男にとってもはや必要のないものだった。

だから、本当のことを話して、その金を手切れ金として女に渡し、穏便にことを済ませようとしたのである。しかし、この判断が決定的な誤りを含んでいたのだ。女にとって、金の問題ではなかったのは言うまでもない。

しかも、他人からもらったに過ぎない金を手切れ金として渡そうというのだから、男の神経を疑わざるを得なかった。女の妄執と怨念が爆発する。立場は逆転し、今度は女のほうが一緒に死のうと激しく迫りだした。

思いあまった男は、やはり最初の計画通り、女を突き落とそうと決意する。しかし、もみ合っているうちに、男が足を滑らせ、あの絶壁から落下してしまう。折しも降り出していた雨のため、地面が滑りやすくなっていたせいもあったのだろう。

「その話を女から聞かされた語り手の『私』は判断に迷うんです。女の話を信じれば、その行為はある種の正当防衛とも言えるけど、一方では、むしろ女のほうが、男に騙された憎しみのために、男の不意をついて、積極的に突き落としたんじゃないかという疑惑が、次第に濃い影を落としてくるんです」

「それで最後はどういう結論になるんですか？」

私は、島村の、あくまでも上品なゆっくりとした喋り方に我慢できず、急《せ》かすように訊いた。

「それが、不思議な小説で、『私』が思い悩んでいるうちに、小説は終わっちゃうんです。そういうオープンエンディングって、普通はミステリー小説ではありませんよね。むしろ、純文学に近い心理小説って感じだから、織田さんの作品としては、例外的な部類に入ると思うんですけど——」

島村も私がミステリー作家であるのを知っていたから、こういう言い方をしたのだろう。それにしても、純文学という語彙は島村のような年配の女性が遣うと、妙に奥ゆかしく響き、私は懐かしささえ感じていた。

「それ、まちがいなくこの前の織田さんの話の続きよ。それに、直感だけど、何だか本当の話のような気がするわ」

妻が、一層深刻な調子で囁くように言った。島村も無言のまま頷いている。

「島村さんは、足摺岬にはいらっしゃったことがあるんですか？」

私は不意に話題を変えるように訊いた。漠然とではあるが、ある仮説が浮かんでいたのだ。

「ございませんわ」

「そうですか。私も行ったことがないんです。地図で見ると、高知市内から行けば、近い場所のようですが、東京からはもちろんのこと、大阪から行くのも相当に遠いですよね」

「いえ、高知市内から行っても、とても遠い場所なんです」

はっとした。私の垂らしたえさに、ドンピシャリのタイミングで魚が食いついたように感じた。

確かに希和によれば、足摺岬は高知市内から行っても、四、五時間掛かるような遠い場所だという。しかし、そのことを足摺岬に行ったことがない島村が知っているのだ。

不意に室内のインターホンが鳴った。妻と思わず、顔を見合わせた。私は立ち上がり、インターホンの通話ボタンを押した。

「すみません。松葉屋《まつばや》です」

男の声がそう言うと、返事を待たずに、階段を駆け上がる音が聞こえ始める。私の家は、一軒家ながら、二階に玄関があるのだ。

「お待ちどおさまです」

私が玄関を開けると、割烹着を着た中年の男が立っていた。私も妻も知っている仕出し屋の主人である。大切な客が来たときに、何度か配達を頼んだことのある店だった。主人の両手には、松花堂弁当が三つ抱《かか》えられている。

状況は、一目瞭然だった。主人自らが届けに来たのは意外だったが、配達係が別のところに出払っていたのかも知れない。

私は、声もなく立ちつくしていた。リビングに通じる中扉を開けて、妻も玄関の廊下に出てきた。

「またなの――」

そう言ったきり、妻も絶句した。私は仕方なく、事情を説明した。相手は驚いてはいたが、文句も言わず、注文の品を引き取ることに同意してくれた。しかし、仕出し屋の主人が引き上げる寸前に、奇妙なことが起こった。

彼はふとリビングの中を覗き込み、何かを凝視し始めたのだ。リビングに通じる中扉が開け放たれていたから、リビングのテーブルに俯き加減に座る島村の顔が見える。

私は、仕出し屋の主人の視線を追った。その目は、島村の顔に注がれたまま、動かない。

「あの――」

「何か？」

私は言いにくそうにする主人を促すように訊いた。

「私の記憶違いでなければ、あそこに座っておられる奥様が、一週間くらい前に、直接、私どもの店にご来店になって、注文くださったと思うのですが。こちらの奥さまの叔母さんだということで、私自身が注文を受けましたので――」

妻には、千葉《ちば》県に住む叔母がいるのは本当だった。

島村の顔に不気味な笑みが浮かんでいる。私は咄嗟にこう言った。

「あっ、そうだったんですか。それは失礼しました。だったら、私どもの勘違いでしたから、すぐにお支払いしましょう」

「えっ、どういうこと？」

妻が、声を上擦らせて訊いた。

「いや、いいんだよ」

私は、妻を制するように言い、ズボンのポケットから財布を取り出して支払った。妻より、仕出し屋の主人のほうが、かえって何かの事情を感じ取ったかのように、余計な質問は一切せず、幾分視線を落とし気味に帰っていった。

私と妻は、再び、リビングに戻り、島村の前に対座した。私は、松花堂弁当を、わずかに空《あ》いていたテーブルの隅っこに積み上げながら言った。

「せっかくだから、いただきましょう」

島村を見た。笑みは消え、凍り付くような無表情だった。

「あなただったのね。どうしてなの？」

はっきりと怒気の含まれた妻の声が、震えた。その質問を無視した島村に対して、さらに畳みかけるように詰問《きつもん》しようとする妻を、再び、制して、私は静かに訊いた。

「ところで、島村さん、『断崖』って小説、実は織田さんの作品じゃなくて、これからお書きになろうとしているあなたご自身の作品じゃありませんか？」

「いいえ、私には、そんな文才はありませんわ」

島村は、微笑みながら掠《かす》れた声で答えた。そのイントネーションには、初めて明確な関西なまりが感じられた。織田の片言隻句《へんげんせっく》が蘇《よみがえ》った。大阪の印刷会社。文選工。そして、そういう仕事を行ううちに、文学的関心が培《つちか》われることは、稀なことではない。

「そうでもありませんよ。なかなかの才能です。ただ、一点だけ不自然なところがあります。男が手切れ金として、足摺岬で偶然出会った人物からもらった二十五万という大金を女に渡すという部分は、あまりにも説得力がありませんよ。それでは、火に油を注ぐようなものでしょ。そういうストーリーを、女性の扱いに慣れている織田さんが書くとも思えません。ですから、本当は――」

「女は男の裏切りを許せなかった。だから、織田さんがいなくなったあと、本当のことを告白して別れ話を持ちだした男の隙を衝いて、女のほうが積極的に男を崖から突き落としたと仰りたいんですか？　そうだとしたら、そういう質問にはお答えしたくありません。その女の気持ちは、供述調書としてなら、世に出ることはあり得ますけど」

島村の目が濁った光を放ったように見えた。しかし、私は島村の言葉の意味を正確には理解していなかった。ただ、「供述調書」という言葉が、妙に耳について離れなかった。

それから、三日後、島村の自宅寝室で織田平の死体が発見された。警察に通報したのは、島村自身だった。

要するに、実業家のはずの島村の夫と称する人物は、織田だったのだ。いや、同じことだが、島村は織田の愛人だったと言ったほうがいいのかも知れない。

織田の死体の首筋には、ほぼ水平に走る索条痕《さくじょうこん》が認められた。就寝中に、ひも状のもので、島村に絞殺されたのだ。死後四日ほどが経過していると推定されたから、島村が私たちの家にやってきた前日の夜、すでに殺害がおこなわれた可能性が高い。

私たちの心は痛んだ。島村の殺意は長年の間、墓地に彷徨《さまよ》う鬼火のように、嫉妬の炎を吐き出し続けていたに違いない。それにしても、こういう死に方こそ、殺人小説の旗手にふさわしい最期だったと言うべきなのだろうか。

織田と島村は、足摺岬で出会って以来、十五年ぶりに東京で邂逅《かいこう》し、やがて愛人関係になった。この時期、島村が足摺岬の絶壁から落ちて死亡した自分の元恋人の死を、織田に何と説明していたのか、疑問は残る。

織田は、島村と再会した時点で、すでに現在の妻と結婚していた。そのため、島村は織田の愛人という立場に甘んじる他はなかった。若い頃から女性にもてた織田の女性遍歴は止むことがなかったのかも知れない。

織田の妻自身が、そういう夫の女性遍歴に苦しみ、絶えず警戒していたのは、想像に難くない。従って、私の妻にもあらぬ疑いを抱いたのだろう。

しかし、一見、謹厳実直に見える島村は、織田の妻の疑いの目から逃れ落ちていた。島村の嫌がらせ行為の本当のターゲットは、織田の妻であったのは確かだった。つまりは、私の妻を媒介として、嫉妬の三角形ができあがっていたとも言えるのだろう。

織田の妻は私の妻に嫉妬し、その織田の妻に島村が嫉妬していたのだ。高齢者の集うダンス教室ではあったが、男女関係に拘《かか》わる人間の嫉妬心が消えることはないことを、私はあらためて思い知った。ひょっとしたら島村は、ダンス教室で織田を独占し続ける織田の妻に対する嫌がらせとして、二人より遥かに若い私の妻を誘い込んだのではないだろうか。

織田は途中から、私たちに嫌がらせ行為をしているのが、自分の妻ではなく、島村であることには気づいていたのだろう。私の家で足摺岬に纏わる過去を語り始めたのも、暗示的に私たちに真相を伝える意図があったという解釈も不可能ではなかった。

というのも、のちの司法解剖で分かったことだが、織田は、他の臓器にも転移している末期の肝臓ガンを患っており、仮に絞殺されなかったとしても、余命は幾ばくもなかったようなのだ。そういう死を間近にした人間が、私たちのような比較的縁の薄い客観的第三者に、ある種の「告白」をしたくなる心境は分からなくもない。ただ、ある心理的抑制が働いて、彼は結局、それを途中で放棄したのだが――

最後に、一つだけ付け加えておかなければならないことがある。島村が言及した『断崖』という作品は、織田の作品には存在しなかった。

従って、島村が織田の小説というスタイルで私たちに語った話は、自らの体験に基づいた実話だった可能性が高い。そして、「自殺の名所」という場所柄、当時、地元警察が島村の元恋人の死を単純な自殺として処理したのは、無理のないことだったのかも知れない。

それにしても、四十五年前に、足摺岬の絶壁で、島村が故意に男を突き落としたのか、それとももみ合いの結果起こった正当防衛に近い行為だったのかは、永遠の謎だろう。私には、現在、東京拘置所に収監されている島村が真相を語るとは思えないのだ。

「あたしが殺されるとはねえ――」

織田平は、幾分照れたように視線を逸らしながら言った。私は、初めて世田谷《せたがや》区にある織田の自宅を訪問していた。平日の午後一時過ぎだった。私の妻の紹介で、五月に私の自宅で顔を合わせて以来、私と彼の交流は、ぽつりぽつりとではあるが続いていた。

ただ、あるエンタメ系の雑誌に掲載された私の作品を織田が読むまでには、時間が掛かった。もう目が悪くて、活字を追うのが無理だから、人の作品は読まないことにしている。これが織田の言い訳だった。

だが、織田をモデルに使った小説だという話を妻がしたところ、急に読んでみたいと言いだしたのだ。織田にしてみれば、やはり、自分が小説の中でどう扱われているのか気になったのだろうか。ともかく、その日の午前中、私は織田の自宅に招待され、作品の感想を聞かされることになっていたのである。

「やっぱり殺しちゃまずいですか？」

「いや、そんなことはない。高齢化社会の嫉妬というテーマもなかなか面白かったですよ。ただ、もっと、実際的な殺人の動機も絡ませたほうがよかったんじゃないですか。保険金とか、いや、この場合、内縁の妻としての相続の問題を絡ませたりして――」

なるほど、と私は思った。だが、私にも言い分があった。

その言い分を言おうとした瞬間、廊下に面した白い障子が開いて、織田の妻がお茶を盆にのせて、入ってきた。障子の向こうの窓ガラスから、小体《こてい》な庭の鮮やかな緑が初夏の日差しに輝くのが眺められた。

「家内です」

織田が妙にあらたまった口調で言った。織田の妻はいかにも慎ましやかな挙措《きょそ》で畳の上に座り、丁寧に頭を下げると、私の目の前の和風テーブルの上に、日本茶を置いた。私も頭を下げながら、ひそかに窺い見た。

年輩だったが、目鼻立ちの整った品のいい顔立ちだった。和服がよく似合っている。

「光さんの旦那さん。大学の先生だけど、ミステリー作家としても知られている方だよ」

織田は妻の名前を使って、私のことを紹介した。

「ああ、そうなんですか。奥様にはいつもダンス教室を手伝っていただいて、お世話になっております」

「いえ、こちらこそ家内がお世話になっております」

そう答えながら、冷や汗が吹き出していた。織田自身のことよりも、織田の妻まで小説の中に登場させたことが何となく後ろめたかったのだ。もちろん、小説の中で起こることは、すべて嘘っぱちである。

ただ、私の妻から、織田の妻も助手のような形でダンス教室を手伝っていることを聞かされていたから、その状況だけ利用させてもらったのだ。そういう心理的後ろめたさのために、私は殺害動機を嫉妬心という一般的な表現で片づけてしまったのかも知れない。

織田の言うように金銭問題を加えると、妙にリアルな印象を与えてしまうことを危惧したのだ。だが、そんなことは小説技法とは何の関係もないことだったから、織田の指摘に対する反論になるはずもなかった。私は、そんな言い訳をする気を失っていた。

「島村が文選工の女だったというのも意表を衝く感じでよかったですよ。ただ、少し地味だね。パーっとした派手なものが欲しいですね。私も陰惨な実録犯罪小説ばかり書いていたから、もう少し明るく派手なものも書けばよかったと今では思っているんですよ」

織田のこの評言を聞いて、ふとシェイクスピアの演出で知られる、数年前に死んだ高名な演出家のインタビュー記事を思い出した。『リア王』のある場面での特異な演出方法について、深遠《しんえん》な芸術論を披瀝《ひれき》するシェイクスピア学者から質問を受けたとき、彼はこう答えていたのだ。

「だって、その方がパーっとして、いいじゃないですか」

私が黙っていると、織田は私が織田の評価に落胆していると解釈したのか、元気づけるように言った。

「こういう芥川さんらしいのもいいけど、次はあのネタでお書きになったらどうですか。あたしはもう書く気はないから、ネタは差し上げますよ」

あのネタというのは、織田が私と知り合って以来、しきりに勧めている「社交ダンス殺人事件」とも言うべきテーマの作品だった。ワイシャツの袖口に毒針を仕込んで、踊りながら相手を刺し殺すという斬新な殺害方法が売りだという。

ノンフィクション・ノヴェルの旗手でありながら、こういう典型的なテレビサスペンス風の作品も構想できるのが織田の懐《ふところ》の深さなのだろうか。いずれにせよ、私のもっとも苦手とする作風だった。書けるわけがない。

「そうすると、私も織田さんのところで、ダンスを習い始めなきゃいけませんね」

「それくらいいいじゃないの。あなたもあたしを末期ガンにしたあげく、絞め殺しちゃったわけだから、ダンスくらい我慢しなさいよ」

織田は笑いながら言った。だが、その声に微かな怒りがこもっていなくもなかった。

第3講座
美醜と犯罪の比較関係論

◎課題図書
芥川龍之介『地獄変』
◎検索キーワード
芸術至上主義

教室はいつも通りの風景だった。三百五十名ほどの人員を収容できる大教室に、たった二十人程度の学生しかいないのだ。

これでも無双《むそう》大学文学部随一の人気講義だというのだから笑わせる。実際、私の授業「日本近代文学」の受講登録者数は三百名を超えていた。試験になれば、この大教室は学生たちで埋め尽くされ、まったく違った風景に見えることだろう。

「誰でも最低Aは取れる楽勝科目」。私は「裏シラバス」の文言を思い浮かべ、苦笑した。A+という評価ができる以前は、「誰でも最低Bは取れる楽勝科目」だったのが、一ランク格上げされたのだ。出欠も取らず、試験問題はたったの一問で、何とでも解答できる抽象的設題だから、この科目が不動の人気を誇っているのもうなずける。嫌みな同僚の中には、「芥川先生は人気看板講師だから」と露骨に皮肉を言うやつもいる。言うやつには、言わせておけ。

そういうことを言う連中は、私の授業に学生が集まるのは、授業のいい加減さのせいであると言いたいのだろう。さらには、私がミステリー作家として二足の草鞋を履いていることも揶揄《やゆ》しているのかも知れない。

その日の講義テーマは芥川龍之介《あくたがわりゅうのすけ》の『地獄変《じごくへん》』だった。私にしてみれば、苗字が同じ有名作家の作品について論じるわけで、いささか照れくさい気持ちが生じるから、不思議である。そもそも「文豪」などという有り難くないあだ名を頂戴した原因となった張本人について論ずるわけで、私の口調には、日頃迷惑を掛けられていることに対する鬱憤を晴らすような、嫌みな調子がついつい混ざってしまう。

「これはいわゆる芸術至上主義の相克《そうこく》を描いた作品で、芥川自身も徹底した芸術至上主義者とは言い難く、そのあたりが谷崎のような徹底的芸術至上主義者と比べると、いかにも中途半端な文学に見えてしまうわけです。この作品の中では、娘を大殿に焼き殺された良秀《よしひで》は、地獄変の屛風を完成させたあと、結局、縊死《いし》してしまうのですが、谷崎ならけっしてそんなエンディングにはしなかったでしょうね。あるいは、良秀があくまでも傲然と生き続けるところで、物語を終わらせたかも知れません」

そこまで話して、私はあらためて学生たちの顔を見回した。ここでもいつもの光景が繰り広げられていた。さっそく居眠りを始める者もいる。

いや、授業が始まる前から眠っていたのかも知れない。スマートフォンを操作している者も何人かいる。私語する者がいないことを、けっして好意的に受け止めるべきではないだろう。私語するには、さすがに講義を受けている学生の人数が少な過ぎるのだ。

私は慌てて最前列の女子学生に視線を合わせた。これもいつものやり方なのだ。私は学生の反応など完全に無視できるほど剛胆《ごうたん》な人間ではない。だから、私はいつもその女子学生の顔を目で追いながら、話すことに決めていた。いつも一人で座り、静かに講義ノートを取っている。きっとまじめな学生なのだろう。私がたまにつまらない冗談を言うと微かに微笑むが、どこか暗い印象で、何となく気になる存在なのだ。

「美醜についても、良秀の意識は、典型的な芸術至上主義者のそれと言って、いいでしょう。『かいなでの絵師には総じて醜いものの美しさなどと申す事は、わかろう筈《はず》がございませぬ』とまあ、良秀は大殿に『醜いものが好きと見える』と言われてこう答えるわけです。『かいなでの絵師』というのはもっと現代語に近い表現を使えば、『平凡な画家』というような意味ですね。このことは芸術至上主義者の言う美というものが、通常世間で考えられている美とは異なることを示しているわけです」

私は『地獄変』の文庫本から、このくだりを読み上げながら、同僚の高山恭平《たかやまきょうへい》の顔を思い浮かべていた。高山も「一見、醜《しゅう》に見えるものこそ、本当の美なのだ」と似たようなことを言っていたのを思い出したからである。

そのくせ、独身で女にもてる高山が付き合うのは、誰の目にも美人としか見えない女性ばかりだった。要するに、実践と理論は違うということなのか。ただ、その高山も、現在重篤《じゅうとく》な病気のため、入院を余儀なくされていた。

私はその女子学生の顔がうつむき加減になっていることに気づいていた。セクハラやパワハラにうるさい昨今、大学の講義でも、人間の美醜について言及する際、それなりの配慮が必要だった。

確かに地味で目立つタイプではない。いつも紺か黒のスラックスに、やけに目立たない色のジャケットと白のブラウスを着ていた。だが、暗い印象にも拘わらず、顔立ちはけっこう整っているのだ。

私は最初、しばらくの間、そのことに気づいていなかった。ただ、整っていることによって、かえってその容姿が目立たなくなってしまうような顔がある。その女子学生はまさにそんな顔だったのだ。

私のゼミ生の篠田希和も分類すれば、そんなタイプだったが、希和の場合は遥かにずっと明るい印象だった。ただ、変な言い方だが、二人とも私だけが彼女たちの美を発見したような気持ちにさせるという意味では共通していて、私は密かに自分の慧眼《けいがん》を誇っているようなところさえあった。

だから、その日、授業終了後に彼女が私に近づいてきて、いきなり話し掛けて来たとき、私は妙な動揺を覚えた。

「私、牧川佐知《まきかわさち》と申しますが、授業とは関係のないことで御願いがあるのですが

——」

私が予想した通り、今時の女子学生らしくない丁寧な口調だった。聞いてみると、佐知は「テソーロ」というエレクトーンサークルの代表をしているという。そういう文化サークルの代表を務めるような学生はたいてい積極的なタイプが多いから、これもやや意外だった。

「『テソーロ』って、スペイン語で『宝物』って意味でしたっけ？」

別にスペイン語に詳しかったわけではない。競走馬の名前に「テソーロ」が付くものが多いため何とはなしに調べたことがあったからだ。

「よくご存じですね」

佐知は一瞬驚いたように言って、私を凝視した。

「実は、先生に『テソーロ』の顧問をお引受けいただきたいのですが？」

佐知がそう言った瞬間、私の答えは決まったようなものだった。そういうことは一切引き受けないのが、私のポリシーなのだ。

大学には多数の文化サークルがあり、それが大学側に公認されるためには、教員が務める「顧問」というものが必要だった。公認されれば、補助金の交付も受けられ、集会などで教室を使用することも可能になるのだ。

おそらく、私は佐知の申し出を、その場で即断るべきだったのだろう。そこが運命の分かれ道だった。佐知が学期始めではなく、十一月に入った今頃になって、顧問を探しているわけを私が聞いてしまったのは、一つには佐知が醸し出す独特の「放っておけないオーラ」のせいだったのかも知れない。

私は高山が「テソーロ」の顧問をしていることなど知らなかった。ただ、その高山が病気で「テソーロ」の顧問を辞めたため、佐知は新しい顧問を探していたのだ。

私と高山は親しく、同じ東大の学部・大学院を出ており、年齢的にも近かった。もっとも、国文学を専攻した私に対して、高山は児童心理学を専攻していたから、所属する研究室は異なっていた。

二人の性格も正反対だ。病気をする前の高山は何事にも積極的で、社交的だった。よく言えば豪快、悪く言えば強引で、毀誉褒貶《きよほうへん》の人物だった。

高山に対する非難の中には、多少の嫉妬が交じっていたことも否定できない。高山は長身痩軀《ちょうしんそうく》のイケメンで、実際女性には恐ろしくもてた。ドン・ファン、もっと露骨に言えば、女たらしという異名が高山の周辺で常に囁かれていたのも事実だった。

高山は学部生時代、研究者になるタイプには見えなかった。だから、私は彼が大学院に進学し、児童心理学の研究を継続したときは、驚きを禁じ得なかった。大学院への進学はともかく、そもそも児童心理学というのは、あまりにも彼のイメージとはかけ離れていたのだ。

しかし、高山は抜群に頭のいい男で、どんなことでも人並み以上にこなせるのは確かだった。彼は結局、博士課程まで進み、研究論文を積み重ね、現在では、無双大学文学部の准教授という立場にあるのだ。

ただ、教授への昇進を間近に控えた矢先、膠原病《こうげんびょう》という難病のため、ここ一、二年、休職と復帰を繰り返していた。現在も休職中で、私はつい二週間ほど前、彼を駒込《こまごめ》の病院に見舞っており、その面変《おもがわ》りの様《さま》に唖然としていた。

一番驚いたのは、ベッドに仰向けになっている彼の髪の毛を見たときだった。全面白髪となっていたのだ。顔の皮膚は紫色に近く、顔の輪郭にも微妙な歪みが出ていた。

かつてのイケメンぶりはまったく陰を顰《ひそ》めていた。だが、彼は私より一つ年下だから、まだ四十二歳のはずである。

「今に始まったことじゃないんだ。膠原病というのは、小学校のときから分かっていた。ただ、最近になって、病魔のやつが急に暴れ出しやがったんだ。体のどこもかしこも痛むんだ」

高山はベッドの足下に立つ私を見上げながら、弱々しい声で言った。確かに、私が調べたところによれば、膠原病という病気は多臓器不全の総称で、自己免疫機能障害と考えられているものの、その根本的な原因は分かっていないらしい。

「まあ、じっくりと養生することだな。そのうち、よくなるさ」

私は幾分、目を逸らしながら言った。私の発言と、高山の症状がまったく一致していないのは百も承知だった。

「祟りだな」

高山は一言ぽつりと言うと、体を横にして、私から目を逸らした。祟り。あまりにも時代がかった言葉に思えた。意味は判然としなかったが、私は漠然とこれまでの女関係のことを言っているように感じていた。

何しろ、これまでに高山が振った女は、数知れないと思われたからだ。にも拘わらず、現在病床に伏す哀れな高山をほとんど見舞う者がいないのは、本人にも信じられない事実だったに違いない。私はまた見舞うことを約束して病室を去ったが、高山はどう見ても、私の見舞いを特に有り難がっているようには見えなかった。

「顧問と言っても、形式的なもので、私がときどき先生の判子をいただきに上がるだけで、それ以外は何もする必要がありません。ですから、急なことで本当に申し訳ないのですが」

結局、私は佐知の哀願するような口調に抗しきれず、顧問を引き受けてしまった。ただ、前顧問は私のよく知っている高山なのだから、本来は引き受ける前に高山に「テソーロ」について尋ねるのが筋だったのだろう。だが、下手をすると生死の境目にあるように見える今の高山がそんなことに関心があるはずがなかったから、私もあえて問い合わせることはしなかった。

それに、佐知の言ったことは嘘ではなかった。その日、顧問としての判子を押しただけで、その後、翌年の夏休みに入る前までの八ヶ月間、実際、私は何もしなかったし、佐知からも連絡はなかった。

その間《かん》、私は入院中の高山をもう一度見舞ったが、症状自体はかなり回復していて、表情も髪の白さを除けば、以前の高山に近くなっているように見えた。ただ、高山に言わせると、症状は一進一退で、その日がたまたまいい状態になっているだけだという。

私はそのとき、何気ない会話の中で、私が彼のあとを継ぐ形で「テソーロ」の顧問になったことを告げた。予想通り高山はたいして関心もなさそうに、「そうか」と言っただけだった。

だがその直後、彼は私に思わぬほど深刻な、ある告白をしたのだ。それは、以前彼が「祟り」と表現した事柄に関連する内容だったが、私は半信半疑だった。

私は翌日、研究室のパソコンで図書館にアクセスし、オンラインデータベースを使って、およそ十年前の新聞記事を調べた。確かに、高山が言った「事件」は複数の新聞に出ていた。しかも、その取り扱いはどの新聞でもけっして小さくはなかった。

いや、高山は事件性を否定していたのだから、高山の言うことを信じれば、「事故」だったのかも知れない。しかし、私にとって一番分からなかったのは、彼が何故今頃になって、そんな告白を私にしたのかということだった。あるいは、死期が間近に迫っていることを敏感に感じ取っていた高山が、人生の清算をしようという気持ちになったとも考えられた。

夏休み直前になって、佐知からメールが届いた。私が「テソーロ」の夏合宿に参加することを要請してきたのだ。何でもその年からルールが変わり、文化サークルが宿泊を伴う合宿を実施する場合、教員である顧問の参加が絶対条件になったのだという。まったく高校生に対するような情けないルールとしか、私には思えなかった。ただ佐知の説明では、近年学園祭などで飲酒事故などが多発していることを受けて、大学側が導入した緊急対応だという。合宿は二泊三日で河口湖《かわぐちこ》近辺のロッジで行なわれるが、私に一部屋提供するつもりだから、執筆なり、読書なり好きにしてくれればいいと書いてある。

エレクトーンを一台レンタルするが、練習は日中だけに限定するため、夜は少なくとも静かな環境になるはずで、仕事をするには悪い環境ではないとまで気遣っていた。それにしても、部員は全部で二十名程度と聞いていたので、エレクトーン一台とはいかにも少ない気がした。もっとも、レンタル料は搬入・搬出料金も含むと何万単位にもなるらしいから、一台のエレクトーンをみんなで使い回すということなのか。

私は出かけることに決めた。第一稿の締め切りが八月末となっている長編ミステリーを抱えており、捗《はかど》るかどうかはともかく、環境を変えてみるのも悪くないと思ったのだ。

だが、それだけではない。私は漠然とではあるが、私が合宿に呼ばれたことと高山の告白が何か関係があるように思えてならなかった。

合宿初日の晩、野外バーベキューを予定しているというから、私は差し入れの肉を用意して、河口湖に向かった。大月《おおつき》までJRを利用し、そのあと富士《ふじ》急行線で河口湖駅に行き、さらにタクシーを利用して、「ビラージュ河口湖」というロッジに到着した。出発したのが遅かったので、到着したのは、夜の七時過ぎだった。

到着して仰天した。学生の合宿参加者は、佐知を含めてたったの五人だったのである。

「先生、すみません。合宿の参加はあくまでも個人の自由意思なんです。でも、最初は部員の半数の十人くらいの参加希望者がいたのですが、みんな次々に都合が悪くなってしまい、キャンセルが続いたんです」

佐知は本当に申し訳なさそうに言った。しかし、私にしてみれば、人数が少ないほうがむしろ落ち着いて仕事ができるという意味では、そのことを殊更非難する理由はなかった。

私が買い求めてきた明らかに多過ぎる牛肉と学生たちの用意した野菜やソーセージ、それに焼きそばなどを食材にして、学生たちはバーベキューの準備を始めた。その間《あいだ》、私は二階にある私にあてがわれた部屋に落ち着き、荷物の整理をすることになった。

部屋も思ったほど悪くない。八畳程度のフローリングの部屋で、ベッド以外にも机と椅子があり、インターネットの環境も整っている。

私はそのとき一通だけ、事務主任にメールを送った。杞憂《きゆう》とは思ったが、やはり念のため確認しておきたいことがあったのだ。しかし、夏休み期間だったから、事務は限られた時間帯しか開いておらず、すぐに返事が来るとは思えなかった。

どうやら、冷房設備があるのは、私の部屋だけらしい。避暑地として有名な場所だから、特に夜などは都心部よりぐっと気温が低いのだろうが、それでも日中のことを考えると、冷房があるのはやはり有り難かった。

二階には私の部屋よりやや狭い部屋がもう一部屋あり、それは五人の学生中、唯一の男子学生が使うことになっているらしい。一階の十畳の畳部屋を四人の女子学生が使うという。

建物に隣接する、屋外のバーベキュー設備のあるテーブルで食事を始める前に、全員が私に自己紹介した。男子学生は新庄有樹《しんじょうゆうき》という氏名で髪を金髪に染めていて、いかにも今風だ。

佐知以外の女子学生は、杉山楓《すぎやまかえで》、水野梨花《みずのりか》、百瀬冨美佳《ももせふみか》だった。三人ともおとなしそうな印象だった。新庄と楓だけがショートパンツ姿だったが、あとの二人は佐知と同様、地味なスラックスを穿いている。

食事のとき、アルコール類を飲んだのは、私と新庄だけだ。女子学生四人はソフトドリンクしか飲んでいない。新庄は見かけよりは気の利く男で、私が缶ビールを空にすると、すぐに近づいてきて、「先生、ビールを続けますか？　それとも他の物に？」と訊いてくる。本人もアルコールが嫌いではなさそうだ。

佐知は、私が無理をして合宿に参加してくれたと思っているのか、私に焼き上がった肉や野菜の入ったプレートを持ってきてくれるなど、かいがいしく私の世話を焼く。他の三人の女子学生は積極的に話しかけてくることはないが、私が話しかけると、内気な笑顔で丁寧に答えた。

学生たちがバーベキューの片付けをしている間、私は風呂に入り、午後十一時頃から二階の自室に籠もって、執筆を開始した。階下では、しばらくの間、学生たちが順番に風呂に入るために生じる扉の開閉音や話し声が聞こえていたが、やがてそれも静かになった。

ただ、新庄が二階の隣室に上がってきた気配はなかった。あるいは、みんなで女子学生たちの部屋の隣にある、エレクトーンの置かれた大広間に集まっているのかも知れない。

しかし、日中しか練習しないという私との約束を守っているのか、エレクトーンの音は聞こえて来なかった。それどころか、話し声さえ聞こえない。

私が執筆中ということを知っているため、気を遣って小声で話しているとも考えられた。ただ、その過剰な静寂は私にはいささか気味が悪くも感じられた。

しかし、私はそのうちに執筆に集中するようになり、周囲の状況も気にならなくなった。仕事は順調に進み、私は明け方までに一気に二十枚ほど書きあげた。

ただ、その間、気になることがあった。複数の若い女性のすすり泣きのような声が、二度ほど階下から微かに聞こえたように感じたのだ。そのたびに私の全身に疼痛《とうつう》のような痙攣《けいれん》が走った。

ただ、そのすすり泣きの声は、二度ともほんの数秒しか続かなかった。空耳というか、幻聴というか、そんなものに違いないと私は思い決めた。明け方の五時近くになって、私は鞄からバランタインの三十年ものを取り出し、やはり持参していた炭酸水でハイボールを作って、飲み始めた。

階下のキッチンの冷蔵庫に行けば氷もあるはずだが、面倒だったし、寝静まっている女子学生の部屋の前を通り過ぎるのも憚《はばか》られた。隣室に、新庄が戻ってきているのかも、分からない。ハイボールを二杯ほど飲んで、私は窓際のベッドに横たわった。

エレクトーンの音色で目を覚ました。モーツァルトの四十番だ。私は佐知とのメールでのやり取りを思い出した。「先生のお好きな曲がありましたら、仰ってください。練習しておきます」と言われたので、「モーツァルトの四十番」と「ブーベの恋人」と答えたのだ。クラシックと非常に古い映画音楽である。

モーツァルトはともかく、佐知のような世代の人間が私から見てさえも非常に古い「ブーベの恋人」を知っているはずがなかった。しかし、そのあと、さらに驚くことが起こった。モーツァルトが終わったあと、まさに「ブーベの恋人」の旋律が流れ始めたのだ。佐知が私のために弾いてくれているのは、間違いないように思われた。私はしばらくの間、その哀愁漂うメロディーに聞き入っていた。

階下に降りていき、洗面所で洗顔と歯磨きをしたあと、大広間に顔を出した。「おはよう御座います」五人が声を揃えて、挨拶した。すでに午前十一時近かったから、その挨拶はいささか皮肉に聞こえなくはなかったが、五人にそんな意図がないのは明らかだった。

一台しかないエレクトーンの前に座っていたのは、やはり佐知だ。

「今、モーツァルトと『ブーベの恋人』を弾いてくれたのは、やっぱり君だったのか」

私は微笑みながら訊いた。

「ええ、先生のリクエストを練習していたんです。うるさくて起こしてしまったでしょうか？」

「とんでもない。いい目覚めになりましたよ。もう一度聞きたいな」

「それでは、もう一度弾かせてもらいます。モーツァルトは第一楽章だけでいいですよね」

四十番で一番有名なのは、第一楽章だろう。第四楽章まで弾くと長すぎるのは確かだ。静かな拍手が湧き起こる。私もそれに合わせて、拍手した。

同じようにモーツァルトが流れ、それが終わってから、ほとんど間を置かず、「ブーベの恋人」が再び始まる。不思議な気分だった。タイムスリップして、六〇年代を追体験しているような感覚だ。

佐知が弾き終わって、再び、拍手が起こる。

「他の人たちはどんな曲が得意なの？　新庄君なんかどう？」

私は何気なく訊いた。佐知ばかりの曲に私の注目が行っているように見えるのは好ましくないとも思ったのだ。

「僕ですか――僕、あまりうまくないから、簡単な曲しか弾けないんです」

「簡単な曲ってどんな曲？『クシコスポスト』なんか、わりと簡単じゃないの？」

「クシコスポスト」も私の好きな曲だった。ヘルマン・ネッケの曲で、クラシックに違いないが、やや大衆的なイメージが伴う曲である。

「クシコスポスト？」

新庄はぽかんとした表情だった。その曲を知らないのは明らかだ。

「ほら、小学校や中学校の運動会のとき、よくかかる曲よ」

楓が新庄を庇《かば》うように言った。運動会のときにかかる曲か。私は思わず苦笑いした。

楓は幾分短髪で、ボーイッシュな印象があったが、その聡明そうな瞳が印象的だった。梨花や冨美佳も楓の言葉を聞いて、同調するようにうなずいている。

梨花は五人の中で唯一眼鏡をかけていて、髪は楓とは違って、若干長めだ。冨美佳は女性としては長身で痩せているが、いかにも気が弱く、神経質そうな雰囲気だった。

佐知が「クシコスポスト」を一小節だけ弾いて見せた。それでも、新庄は聞いたことがないらしく、相変わらず、芳しくない反応だった。

私は午後からは気分転換のために、一人タクシーで河口湖近辺に出かけて少し散策し、それから喫茶店にでも入って執筆するつもりだった。学生たちは、近くのマーケットに買い物に出かけ、そのあと昼食休憩を取ってから、午後も三時間ほど練習する予定だという。

その夜の懇親会には、私も参加した。思った以上に喫茶店での執筆も進み、あとは東京に戻って最後の仕上げにかかればいい状態にはなっていた。

やはり高山のことが気に掛かっていた。そういう懇親会の席で、前顧問の高山の話が出てもおかしくはないように思われたのである。

懇親会は食事が終わって片付けをして、全員が風呂を済ませた午後九時から大広間で行なわれた。ソフトドリンクや茶菓子、それにおそらく私と新庄のためだろうが、ビールや缶チューハイなどが用意されていた。風呂から上がってきたせいか、ズボンとポロシャツ姿の私を除けば、全員がジャージ姿だった。

エレクトーンの前に、円形に車座《くるまざ》に座って、まるで運動部の反省会のような雰囲気で懇親会は始まった。天井から下りている大型の蛍光灯の光は微弱で、学生たちの顔の輪郭を若干、曖昧に見せている。

この部屋には冷房設備はないが、さすが河口湖で窓を開けて網戸だけを閉めておけば、かなり涼しい風が吹き込んできて、酷暑の都心部とは比較にならない涼しさだった。窓外《そうがい》の深い闇からは、夏の虫たちの鳴き声が微かに聞こえている。

「それでは、ただ今から、懇親会を始めさせていただきます。最初に、今回の夏合宿に参加していただいた芥川先生に、心からお礼を申し上げたいと思います」

佐知の冒頭の言葉を合図とするように、突然、拍手が湧き起こった。私は不意を衝かれた格好で、軽くうなずいただけで、言葉が出てこなかった。

それぞれが紙コップに自分の好みの飲み物を注ぎ始めた。

「先生はビールにしますか？」

新庄が近づいてきて、缶ビールを差し出した。私は礼を言ってそれを受け取り、プルトップを引き上げた。普通は、こういう場合、乾杯があるものだが、誰も音頭を取ろうとしない。それに何となくみんな緊張している雰囲気だった。

私のゼミの飲み会とは、まるで雰囲気が違う。私は希和や安藤の顔を思い出していた。

そこに集まっている学生でアルコール飲料を手にしているのは、昨日のバーベキューのときと同様、新庄だけで、他の女子学生はすべてソフトドリンクだ。妙な緊張感を覚えた。

私はまるで、その緊張感から逃れるように、缶ビールをぐいと一飲みした。苦みが一気に広がり、胃の中枢部を刺激する。

「ねえ、みんな、ただこうして雑談するのもつまらないから、一人一人、夏にふさわしい、怖い思い出話なんかしない」

新庄が言った。ひどく唐突に響く、提案だった。新庄だけは、缶酎ハイを持っていたが、まだ、飲み始めたばかりで酔っているはずがない。

私は不意に昨夜聞いた、複数の女性のすすり泣きの声を思い浮かべた。少し間があったあと、この提案に対して、冨美佳が最初に発言した。

「怖い話はよそうよ。私、そういうの苦手だから」

私はこの冨美佳の反応にも違和感を覚えた。まるで学校の学芸会のような、棒読みの台詞《せりふ》に感じたからだ。冨美佳の神経質そうな雰囲気がその印象を一層、際立たせていた。

「じゃあ、別に怖い話って限定しなければいいんじゃない。何でもいいから思い出話ってことで。やっぱり最初は、代表の佐知からじゃない」

こう言ったのは、梨花である。その梨花の言い方も妙だった。冨美佳よりはましだったが、いかにもシナリオ通りに喋った印象だった。

佐知は私の正面に座っていて、ちょうど蛍光灯の微弱な光が彼女の顔に差し込んでいる。その顔は私が想像していた顔とは違っていて、まったく知らない人物がそこに座っているような錯覚を覚えた。

「じゃあ、そうさせてもらおうかな。怖い話かどうか分からないですけど、私、この話は是非芥川先生に聞いていただいて、ご意見をお伺いしたいんです」

佐知はそう言うと、じっと私の顔を覗き込むようにした。まるでそういう話をあらかじめ準備してきたかのような発言だ。不思議な戦慄を覚えた。

しかし、私はかろうじて理性的な判断に踏みとどまった。佐知が私の意見を訊きたがっているのは、おそらくその話にミステリー的な要素が絡まっているからであり、私がミステリー作家であるという前提をあらためて確認した言葉に過ぎないのかも知れない。

「それは興味深そうな話だね。ぜひ聞きたいですね」

私は余裕を装って、言った。高山の話を聞くのは、そのあとでも遅くはない。

「十年前くらいのことで、小学校の頃の思い出話なんです」

佐知が落ち着き払った声で話し始めた。


二〇〇八年八月八日（金）。その日は猛暑日で最高気温は三十五・三度で、最低温度でも二十七・六度を記録していた。

ある地方都市にある、国立南平《みなみだいら》大学附属小学校では、前日から夏休み期間恒例の水泳教室が開かれていた。参加者は小学校一年生から六年生までの全児童である。水に慣れて泳げない児童をなくすことを目標とする一方、水難事故防止講習も含まれており、学校側がもっとも重視している夏休み最大の行事だった。

しかし、二日目のこの日、緊急事態の発生が報告されていた。その日になって、前日、水泳教室に参加していたキリコという四年生の女子児童が行方不明になっていることが判明したのである。キリコは、日本人の母親とメキシコ人の父親の間に生まれたハーフだったが、両親はすでに離婚しており、母方の姓を取って、内川《うちかわ》キリコと名乗っていた。

水泳教室は朝の九時から十二時までの三時間と決まっており、前日も予定通りに進行していたので、キリコの行方不明が翌日になってようやく分かったのは、幾分不思議だった。

しかし、これにはキリコの家庭の特殊事情が関係していた。キリコは母親と二人で市内のマンションで暮らしていたが、その日、母親はどうやら外泊したようなのだ。後に警察に訊かれて、当初は仕事上の都合と供述していたが、やがて男性と一夜を共に過ごし、朝帰りだったことを認めている。

娘が自宅に戻っていないのに母親が気づいたのは、朝の八時過ぎだったのだ。結局、彼女が小学校に連絡を取ったのは一時間後の九時頃だった。

プール棟の中にある女子更衣室の、キリコが使った個室ロッカーから衣服がなくなっており、これはキリコが水泳教室終了後に着替えたことを意味していた。念のため、二十五メートルプールの水をすべて抜いてみても、どこからもキリコの姿は発見されなかった。ただ、前日の水泳教室終了後、キリコが確実に学校の外に出たという証言も得られなかったのだ。

さすがに国立大学の附属だけあって、児童の安全のためのセキュリティーは厳しく、正面玄関の左右の門柱の前に立つ二名の警備員は、児童の顔と名前をかなり覚えているくらいに訓練されていた。

特にキリコの場合、ハーフだったために普通の児童に比べて、記憶に残りやすく、二人の警備員ともキリコの顔と名前をはっきり認識していた。だが、二人ともキリコが学校の外に出て行く姿を見ていない。

小学校側は警察に届ける前に、緊急態勢を取って、キリコの捜索を開始した。まず、朝の九時過ぎになって、その日の水泳教室の中止を決めた。最高気温が三十五度を超えることが予想されていたので、熱中症の危険を口実にしたのである。

教職員の大半は、校内中キリコを探し回った。それから、キリコと同じクラスの三十九人の児童は全員、いつも使っていた教室に集められた。

「私も、その三十九人の内の一人でした。教室には、私たちの他に須藤恵《すどうけい》先生というまだ二十代の女性担任教師と教頭先生がいて、私たちは、キリコの行方についてしつこく訊かれていました。キリコはほとんど泳げないため、水泳教室に出ることをひどく嫌がっていたのは、みんな知っていました。でも、水着姿でプールにやって来たキリコの顔は確認していましたから、彼女が前日の水泳教室に参加していたのは間違いありません。キリコはいじめられっ子で、特に男の子を中心とするグループからひどくいじめられていました。だから、私は漠然とですが、キリコがいなくなったことと、そのいじめを結びつけていました。キリコがいじめられていた理由は、彼女の顔に大きな火傷《やけど》の痕があったからです。それに生まれてから六歳頃までメキシコのティファナというところで暮していたこともあり、日本語の言葉遣いに所々おかしいところがあり、それが笑いを誘うと同時にいじめの理由にもなっていたのです。みんなを率先して、キリコをいじめていたのは五十嵐《いがらし》順《じゅん》君という男の子でした。哀れなのはキリコでした。そういういじめを避けるために、しきりにみんなにプレゼントをしていたのです。私たちはそれを『キリコのテソーロ』と呼んでいました。キリコが日常会話で思わず『テソーロ』という言葉を遣ってしまい、それがスペイン語で『宝物』だという意味であることを私たちは知っていたのです。指輪やネックレス、きれいな模様の入ったハンカチ、それにメキシコのお金らしい紙幣もありました。そういうプレゼントは、いじめを防ぐ対策として、まったく意味がなかったわけではありません。誰だってそういうプレゼントをもらえば悪い気はしないため、一時的にはいじめなくなります。しかし、小学校の四年生など所詮子供ですから、そんな恩義はすぐに忘れて、元の陰湿ないじめを再び始めるのです。私もキリコからそのテソーロをもらったことがありました。学校の帰り道でたまたまキリコと一緒になったときでした。途中まで一緒に帰った別れ際、キリコは『これあげる。私の一番大切なテソーロだけど』と言ったのです。私はキリコが鞄から差し出した物を見て、目を瞠《みは》りました。革バンドの縁に美しい青のエメラルドが鏤められている、女性用と思われる腕時計だったのです。今から思えば、それはメキシコ製の時計で、エメラルドが本物かどうかは分からなかったのですが、そんなことは子供の私に判断できるはずもなく、私は途方もなく高価なものをもらったと思い込んでいました。ですから、キリコの死体がプール棟の裏手にある浄化槽の中から発見されたと聞いたとき、私が何故か最初に思い浮かべたのが、この腕時計のことだったのです」

その重要証言は、複数の児童の口から飛び出した。プール棟の裏手にある、浄化槽の蓋が開いているのを見たというのだ。日本の法律で浄化槽という場合、屎尿《しにょう》と生活排水の両方を処理する合併浄化槽のことを言い、蓋は三つ並んでいるのが普通である。その児童たちの証言によれば、プール棟の白い壁に一番近い蓋が開いていたというのだ。だが、二十キロ近い蓋の重量から考えて、偶然開いたとは考えにくく、誰かが故意に開けた可能性が高い。

実際、こういうことは以前にもあって、学校側はそういういたずら行為に対して、全校児童と保護者に対して注意喚起を行なっていた。確かに、浄化槽の蓋を開けるというういたずら行為は、小学生の児童なら、その危険を認識できず、それほどの罪の意識もなく行なうことはあり得るように思われたのである。

教頭と担任教師、それから校内捜索から戻ってきた一部の教職員を加えて、浄化槽のある場所まで行き、現場確認が行なわれた。その時点では、三つの蓋はすべて閉まっており、もしそのうちの壁側の蓋がその前の何らかの時点で開いていたとしたら、誰かが再び閉じたと考える他はなかった。

あり得るのは、ときに校内を巡回することがある警備員や教員が蓋の開いていることに気づいて閉めることだ。しかし、この情報が学内関係者に周知されても、蓋を閉めたと申し出る者はなかった。

教頭や関係教員は、この浄化槽に集まった時点で、警察力の導入を決意していた。彼らで三つの蓋すべてを開けて中を覗き込んでみたものの、狭い視野に汚水の闇が映るだけで、その中に人が沈んでいるかどうかの判断は不可能に思われたのである。

しかし、警察が到着しても、浄化槽内部の様子がすぐに分かったわけではなかった。内部の汚水を一気に吸い出すためには、バキュームカーによる汚水の排出処理が必要だった。結局、市の衛生課に対する警察の要請で、バキュームカーによる汚水の排水処理が完了したのは午後三時半だったのだ。

　天気予報通り、その日は猛暑日になり、その時点で温度はすでに三十五度を超え、太陽の光が浄化槽周辺には燦々《さんさん》と降り注いでいた。しかし、浄化槽内はそれにも拘わらず薄暗く、警察が用意したサーチライトの光で、中の様子がようやく視認できた。

　剝き出しになった、一番手前のコンクリート床の左端に、俯《うつぶ》せに倒れる少女の、汚物にまみれた制服と髪の毛が見えていた。変わり果てた内山キリコの姿だった。

　後の検視と司法解剖の結果、キリコは大量に汚水を吸い込んでいることが判明した。それはキリコが生きたまま、浄化槽の中に落下したか、もしくは誰かに突き落とされたことを意味していた。

　警察は事件・事故の両面から捜査を開始した。キリコの死体が発見されるまでは、警察の執拗な質問を受けていたのは、キリコの母親である。

　この母親はどうやら母親としては不適格だったようで、キリコの面倒をほとんど見ず、若い男との付き合いに明け暮れていたらしい。ただ、父親が宝石商をしている実家は裕福で、未だに親からもらう金銭の中から、キリコにそれなりの小遣いを与え、コンビニ弁当などを買わせていたという。

　しかし、キリコの死体が発見されてからは、母親に対する警察の関心は急速に遠景に退いたように思われた。母親がわざわざ小学校まで入り込み、キリコを浄化槽の中に突き落としたという想定はいくら何でも不自然だった。殺人と見なした場合、次に警察の関心の対象となった人物は、Tという男で、東京にある有名国立大学の大学院生だった。

国立大学の附属小学校の場合、教育実習生以外にも、研究目的で授業や行事の参観を希望する研究者を受け入れることがあり、その時期も児童心理学を専攻するTがほぼ一ヶ月の間、この小学校に通っていたのである。Tはもともとその地方都市の出身で、そのとき東京から帰省しており、夏休み期間を利用して、修士論文を書くのが目的だった。

Tは特にキリコのクラスを研究対象としていた。単に研究対象として児童たちを観察していたというだけでなく、積極的に児童と接し、絶大な人気を誇っていた。長身痩軀の端整な顔立ちだったということもある。

四年生という学年は、特に女子児童の場合、すでに女性としての芽生えが始まっており、教員をそういう目で見る児童も少なくない。そして、Tは学生でありながら、児童からは、実質的には教員と同じようにしか見えていなかった。

多くの児童にとって不思議だったのは、みんなからいじめられていたキリコに対して、Tが特に優しかったことである。それは大人の目から見れば、キリコがいじめられていたからこそ、Tがキリコに優しかったと考えるのが普通だろう。

だが、キリコの顔にある火傷痕《やけどあと》が児童に与える影響は大きく、キリコがTのような人気男性教師から愛情を注がれるのが不思議でならず、それが複雑で歪んだ嫉妬心を生み出していたのである。実際、Tが通ってくるようになってから、キリコに対するいじめは加速されたようにさえ思われた。

Tが疑われたのは、最後にキリコと一緒にいたのが、Tだったことが判明していたからだ。

水泳教室では、プールサイドの中央に立つ体育教師の指示に従って、各学年の児童たちが水泳の訓練をしていたのだが、各学年には担任教師などが付き添い、補助的な役割を果たしていた。そして、四年生のクラスを見ていた須藤恵は、水に対する恐怖心から、プールに入ろうとしないキリコに手を焼いていた。

結局、須藤はこの行事にもオブザーバーとして参加していたTにキリコを委ねることにした。後に須藤は警察に対して、「T先生は児童心理学の専門家ですから、T先生ならキリコちゃんの水に対する恐怖心を取り除いてくれて、うまく説得してくれるのではないかと思ったのです」と供述している。

実際、Tも須藤の意図をそういう風に受け止めていて、いったんキリコをプールサイドの外に連れ出し、更衣室で着替えさせた。

この行為が後に警察の疑惑を招くことになったのだが、Tの説明によれば、キリコは今すぐにでも無理やりに水に入れられる恐怖に脅えていた。そのため、そういう恐怖を取り除き、落ち着いた話し合いをするためには、プールサイドを離れて着替えさせ、その日にはもう水泳練習はないという安心感を与える必要があったという。

更衣室は男子と女子に分かれていたので、Ｔはキリコに女子更衣室で着替えてくるように指示して、外の男女共用スペースのベンチに座って、キリコを待った。やがて、小学校の制服に着替え、水着の入った薄ピンクのビニールバッグを提げたキリコが戻ってきた。

結局、Ｔは翌日の水泳教室では、キリコを一年生のグループに入れて、水に慣れるだけの練習をさせることをキリコに約束し、キリコは翌日も必ず水泳教室に参加することを約束した。このあと、Ｔはこの二人の合意事項をプールサイドにいる須藤に一人で報告に行くように指示した。「この児童の自立性を高め、約束を守る意識を持たせるのが目的でした」とＴは警察に供述している。

だが、Ｔはこのあと男子更衣室の中にあるトイレに入ったため、キリコが実際に須藤に報告しに行ったかは、確認していない。須藤自身は、Ｔが連れ出したあと、キリコは二度とプールサイドには戻ってこなかったと証言していた。

Ｔのキリコに対する要求は、キリコにとって、やはりハードルが高過ぎたのか。そもそもキリコは、強引に泳がせようとする担任教師の須藤にも恐怖心を抱いていたらしいのだ。だから、キリコは結局、こっそりと帰宅した可能性があった。

実は、浄化槽のあるプール棟の裏側は、裏門に行く近道になっていて、セキュリティー上禁止されていたものの、裏門から外に出る児童も少数いたのだ。裏門には正門と違って警備員はおらず、その代わりに「出入り禁止」の立て看板が門の前に置かれていたが、そこをすり抜けて門の外に出るのはそれほど難しくはなかった。

Tは警察署に呼ばれ、長時間にわたって、取り調べに近い事情聴取を受けた。警察の最大の関心事は、誰がいつ浄化槽の蓋を開け、また、誰がいつそれを閉じたのかということだったのだ。

「T先生は、事件との関わりは、警察でも否認したのですね」

私は佐知の言葉の微妙な間隙を衝いて、小休止を入れるように訊いた。実際、佐知はその時点ですでに一時間近く話し続けていたのだ。T先生が高山であることには、とっくに気づいていた。

私が持ち出す前に、佐知のほうから高山の話題を持ち出してきたのだ。私の想像が妙な現実味を帯びた瞬間だった。しかし、私はこの時点では、Tが高山であることをあらためて佐知に確認する気はなかった。

「もちろんです。でも、警察がいくら捜査しても、真相は解明されませんでした。ただ、T先生に対する疑惑は残り、T先生が何かの理由でキリコを浄化槽の中に突き落としたのではないかという噂があったのは事実です」

「何かの理由?」

私はつぶやくように訊いた。

「ええ、私も当時小学校四年生でしたから、そんな噂話を正確に理解できていたわけではないと思いますが、後年母から聞いた話では、T先生との合意事項を担任教師に報告に行けと言われたキリコは、それが嫌で裏門からこっそりと帰ろうとしていた。それに気づいたT先生が追いかけていき、浄化槽近くでもみ合いになり、かっとなったT先生がキリコを浄化槽の中に突き落としてしまった。あるいは、故意でなくても、もみ合いの結果、キリコが浄化槽の中に落ちてしまったという噂話があったのです」

「もしそうだとしたら、そのとき蓋はもともと開いていたと考えるほうが自然ですね」

私の言葉に佐知は沈黙した。他の四人も、妙に視線を落とし、私の顔を見ようとしない。

「キリコさんは、制服を着た状態で浄化槽の中から発見されたのですね。それだったら、着ていた水着を入れたバッグのようなものも一緒に発見されたのでしょうか?」

私は質問を変えて、佐知に訊いた。私が調べた過去の新聞記事にもこのバッグのことは出ていたが、どの新聞も一行程度触れているだけで、詳しいことは書かれていない。

「いいえ、発見されませんでした。キリコは薄ピンクのビニールバッグを持っていて、その中に水着をしまっていたはずなのですが、それが消えていたのです。警察が事件性を疑った理由の一つに、そのバッグが発見されていないことがあったのです」

「つまり、警察は、誰かが、おそらくキリコさんを突き落とした人物が持ち去った可能性を考えたのですね」

佐知は無言でうなずいた。それから、やや間を置いたあと再び話し出した。

「この事件のあと、嫌なデマが流れました。キリコからテソーロをもらったのに、キリコをいじめ続けた子供には間違いなく祟りがあるというのです。キリコの死後、およそ二ヶ月後、五十嵐順君が自転車で走行中、転倒して後続のバスに轢かれて死亡したのがきっかけでした。これはどう考えても純粋な交通事故でしたが、五十嵐君はキリコをいじめていた中心人物でしたから、そんな噂がたったのでしょう。そのため、五十嵐君が亡くなった一週間後、学校の裏にあった小さな山にキリコからテソーロをもらった五人の児童が集まり、事件のことを話し合いました。もちろん、キリコをいじめていた子はもっとずっとたくさんいましたし、他にもテソーロをもらっていた子もいたでしょうが、この五人がキリコの死に最もショックを受けていた子供たちだったのです。私もその五人の内の一人でした。私たちは裏山にキリコの墓を作って、その中にそれぞれがテソーロを埋めて、キリコの冥福を祈りました。私もあのエメラルドの鏤められた腕時計を埋めました。そして、十年後にもう一度ここに集まり、それらのテソーロを掘り出し、私たちの罪を清算しようということになりました。今から思うと、それは負のタイムカプセルのようなものだったのかも知れません」

異様な静寂が浸潤《しんじゅん》していた。窓外の闇から流れ込んでくる微風が幾分生温かくさえ感じられた。私は正面の古めかしい柱時計を見上げた。その針は午後十時過ぎを指している。

負のタイムカプセルか。うまいことを言う。私は心の中で呟きながら、佐知に対してさらに質問を重ねた。

「その事件が起きたのが二〇〇八年だとすると、今年でちょうど十年ですね。それで、その裏山にその五人が集まって、そこに埋まっているテソーロを確認したのですか？」

「ええ、一ヶ月ほど前にそうしました。でも、奇妙なことが起こっていました。私が埋めたはずの腕時計だけがなくなっていたのです」

「それは確かに奇妙――」

「いえ、それだけではないのです」

佐知が私の言葉を遮るように言った。

「腕時計の代わりに、キリコが持っていた薄ピンクのビニールバッグが埋められていたのです」

佐知の言葉に私の心筋は震えた。この二つの物品《ぶっぴん》の消失と出現の意味を一瞬にして、理解するのは難しかった。

そのとき、私の胸ポケットにあったスマートフォンから、メールの着信を告げる音が聞こえた。なんとも言えぬ不吉な音に感じた。私は本能的にスマートフォンを取り出し、メールを開いた。ディスプレイを見つめる。事務主任からの返信だった。

芥川竜介先生

お世話になっています。返信が遅れて申し訳ありません。

お問い合わせの件ですが、公認サークルが宿泊を伴う合宿を開くとき、顧問の教員が同行しなければならないというルールなど、本学にはいっさい御座いません。また、本学には「テソーロ」なる公認エレクトーンサークルも存在しません。最近、架空の文化サークルを名乗って、学生を勧誘する宗教団体などが御座いますので、先生におかれましても十分なご注意を心がけるように御願いいたします。

「君たちはいったい誰なんだ？」

私は得体の知れない気味の悪さに駆られながら、声を震わせて訊いた。同時に、私のスマートフォンを佐知に差し出した。佐知は静かにそれを受け取り、さっとディスプレイに視線を走らせ、すぐに私に戻した。

「先生を騙したことになって、本当に申し訳ないと思っています。実は無双大学の学生は私一人だけで、他の人は他大学の学生か、すでに社会人として働いている人です」

その落ち着き払った口吻《くちぶり》はかえって、私を一層不快にさせた。恐怖に代って、怒りが湧き上がるのを感じた。私が予想していた詐術は、これほど大仕掛なものではなかった。

「じゃあ、君は高山先生の旧悪を私に伝えるためにだけ、私をここへ呼んだのか？T先生が高山先生であることは言うまでもないでしょ」

佐知も他の四人も無言だ。私の言葉は深い沈黙の壁に吸収されるように消えた。

やがて、私は冷静さを取り戻し始めた。そもそも、佐知がすべて本当のことを喋ったのか疑問があった。

「この大仕掛な偽の合宿計画を作った牧川さんの意図がどこにあるにせよ、私もここまで話を聞いてしまった以上、少し尋ねたいことがあるんだが、いいかな？」

私の言葉に佐知の顔に若干、明るい光が射したように思えた。他の四人も顔を上げ、私の顔を真剣な表情で覗き込むようにしている。

「話を元に戻すことになるけど、浄化槽の蓋が開いていたとしたら、開けた人がいるはずでしょ。高山先生がキリコさんを浄化槽に突き落としたのかどうかはひとまず脇に置くとして、高山先生自らが、いくらかっとなったからと言って、いやかっとなったからこそ、重い浄化槽の蓋をわざわざ開けて、キリコさんを中に突き落とすとは思えないんだがね。誰かが、ただのいたずらで蓋を開けていたというのが、一番普通の推測でしょ。それは誰だったの？」

もちろん、私にはある程度の推測は付いていた。だが、それを当人たちの口から言わせたかった。私の質問に、新庄がすぐに口を開いた。

「僕と五十嵐君です。水泳教室が始まる前日が登校日でしたから、僕と彼がいたずらして、水泳教室のとき、誰かが落ちたら笑ってやろうぜって、言ってたんです」

「二人だけじゃありません。私たちもその場にいたんです」

こう言ったのは、楓だった。

「だけど、君らは直接蓋を開けたわけじゃなくて、僕と五十嵐君が蓋を開けているのを見ていただけだから」

新庄が庇うように言った。

「いいえ、私たちも同罪だと思います。私たちは二人が蓋を開けるのを止めようともせず、誰かが落ちたら面白いねと言い合っていたんです。まさか本当にキリコが落ちるとは思っていませんでしたが」

梨花も冨美佳も深刻な表情で、楓の言葉にうなずいている。

「じゃあ、浄化槽の蓋を開けたとき、とにかくその場にいたのは、今ここにいる五人と亡くなった五十嵐君だったの？」

「いいえ、佐知はいませんでした。だから、佐知を除いたここにいる四人と五十嵐君です」

今度は梨花が答えた。

「なるほど、それはよく分かった。しかし、問題は埋められているはずの腕時計がなくなっていたこと、いや、それよりむしろキリコさんの薄ピンクのビニールバッグがその代わりに入っていたことでしょ。ずばり言うと、その決定的物証はこの四人の内の誰かが、私が犯人だと言っているようなものだと思うんだけど。その点を君たちはどう解釈したのかな？」

「仰る通りです」

この質問には楓が答えた。

「でも、みんなで話し合って、そのときはそれが誰であるかを追及するのはやめようと決めたんです。そして、その行為を行った人がその気になったら、キリコの命日である今日、みんなの前で告白しようということになったんです。その決定に反対する人は誰もいませんでした」

私は今更のように、その日が八月八日であることを意識した。確かに、キリコの命日だ。私は自分の役割を何となく理解したように思えた。そういう告白を聞くのにもっともふさわしい人間は高山だろうが、病床にある高山の代わりに私が代理人として選ばれたに違いない。

この偽の合宿は、キリコのテソーロが掘り返された今から一ヶ月ほど前に計画されたのだろう。それは、私のところに佐知から合宿への参加案内が届いた時期とほぼ符合するのだ。

「とすると、これからその誰かが本当のことを告白することになるわけだね」

「いえ、先生、私たちは絶対強制はしないと誓い合ったのです。だから――」

「いや、強制しているつもりはありませんよ」

私は楓の発言を遮り、さらに言葉を繋いだ。

「ただ、状況を正しく分析すれば、その人が告白したがっているのは明らかです。まず、高山先生ですが、君たちが裏山にキリコのテソーロを埋めたことなど知っているはずがないでしょ。厳しい警察の事情聴取を受けた彼は、事件後、一切その小学校には近づかず、児童の誰とも接触しなかったと私に告白している。だから、彼は犯人候補から除外される」

　ここで私は言葉を止め、四人の顔を見渡した。私が高山からすでにこの話を聞いていたことをここで初めて明かしたことになったが、四人から顕著な反応はなかった。それはすでに織り込み済ということなのか。私は話し続けた。

「私にはこの行為を行った人間の気持ちがよく分る。その人物は、十年後に、その負のタイムカプセルが掘り起こされることは分かっていたわけです。従って、今は怖くて言い出せないけど、そのときなら真実を告白する勇気が持てるかも知れないと思っていた。私に言わせれば、その負のタイムカプセルを開いた瞬間、犯人が誰であるか分かるように、犯人自らが仕組んだとさえ考えていい。浄化槽の蓋を開けた人間はすでに特定されているのですから、今のところ、まったく事件に関与していないように見える人物は一人しかいない。その人物が今回の合宿計画の中心人物だというのは、どう考えても不自然でしょ」

　告白が始まるのは分かっていた。だから、そのための司会役を務めたつもりだった。

「先生、私の気持ちをいろいろと配慮してくださって有難うございます。先生の仰る通り、タイムカプセルから腕時計を取り出し、代わりにキリコのバッグを埋めたのは私です。他のみんなも犯人は私だということは分かっているのに、今でも誰もそれを口にしようとはしないんです」

予想通り、こう言ったのは佐知である。

「キリコのテソーロを埋めた翌日、私はすぐにそこを掘り返し、そうしたのです。でも、何故そうしたのか、もう少し詳しく話さないと、先生にもみんなにも私の気持ちを分っていただけないと思います」

私は、佐知以外の四人の人間に視線を投げた。新庄、楓、梨花、冨美佳。四人とも暗い緊張した表情で、再び、視線を落としている。

水泳教室が終了する三十分ほど前、佐知は我慢できないほどの尿意を催した。担任の須藤に告げて、許可をもらい、女子更衣室内のトイレに急いだ。トイレで用を足して、外に出ようとした瞬間、どこかのロッカーから人声のようなものが聞こえた。

「先生、キスして。おっぱい触って」

その独特のアクセントで、分かった。キリコだった。佐知は思わず、トイレの扉を少しだけ開けて、外を覗いた。十メートルほど離れた、斜め左前の個室ロッカーの白いカーテンが半分ほど開いていて、黒い海水パンツと白いTシャツ姿の高山と制服に着替えたキリコが抱き合っているのが見えた。その唇は深く重なっている。

しかも、高山の右手は小学校四年生にしては豊かなキリコの胸に触れているのだ。

佐知の心臓が早鐘《はやがね》のように打ち始めた。

「明日も、必ずプールに来なきゃダメだよ」

二人の唇が離れた瞬間、高山が言った。

「うん、絶対来る」

キリコの弾んだ声が聞こえた。同時に、高山とキリコが更衣室の外に出てくる気配を感じた。佐知は思わず、もう一度トイレの扉を閉めた。

「それから、先生とこんなことしたこと絶対に誰にも言ったらダメだよ。お母さんにも」

「絶対言わない」

二人の声が急速に遠ざかった。佐知はそっと扉を開けて、しのび足で外に出た。

更衣室の出入り口まで歩くと、キリコの背中が見えた。高山の姿はない。左手の男子更衣室のトイレの開閉音が聞こえたから、高山は中のトイレに行ったのかも知れない。

キリコが右手に曲がるのが見えた。プールサイドに戻る方向ではないので、裏門から帰るのだろうと感じた。佐知は水着で裸足のまま、本能的にあとを尾《つ》けた。

プール棟の裏に出て、草むらを歩くキリコの背中を追った。その姿が不意に消えた。

鈍い水音《みずおと》のざわめきのようなものが聞こえた。

佐知は走り寄った。汚物の悪臭がむっと鼻を衝いた。壁側の浄化槽の白い蓋が開き、キリコの頭部が僅かに水面に浮かんでいた。

右手でかろうじて浄化槽の縁《へり》を摑んでいる。佐知がその手を摑んでキリコの体を引き上げるのも、不可能ではないように見えた。

佐知は実際、その腕を摑むところまではした。しかし、重くて持ち上がらない。その上、悪臭に加えて、さし延べた佐知の右手にも汚物がへばりつくのを感じた。

佐知は思わず、手を放した。キリコの頭髪が、汚水の中に沈んでいく。あっと言う間の出来事だった。

佐知は咄嗟に浄化槽の蓋を閉めなければならないと感じた。自分がキリコを突き落としたような錯覚が生じていた。コンクリート製の重い蓋だったが、佐知は小学四年生にしては体が大きく、力も強かったので、何とか自力で蓋を閉めることができたのだ。

「蓋を閉め終わって、私は草むらに落ちている薄ピンクのビニールバッグに気づきました。私はそれを拾い上げ、女子更衣室まで走って戻り、ロッカーに入れてあった自分のバッグの中に隠しました。それから洗面所に行き、手の皮がすりむけるくらい、徹底的に手を洗いました。翌日、同じクラスの児童が集められて須藤先生や教頭先生にいろいろと訊かれたとき、心臓が激しく打っていましたが、私はむしろそのとき、このことは絶対に一生誰にも話すまいと決意したのです。キリコのビニールバッグは裏山に埋めるまでは、自宅の天井裏に隠しておきました。ひょっとしたら、家族に発見されるかも知れないとびくびくしていましたが、結局、それが発見されることはありませんでした」

ここで、ようやく佐知は言葉を切って、黙り込んだ。その目に薄らと涙が滲んでいることに気づいた。私自身、想像以上の話の凄惨《せいさん》さに動揺し、言葉の接ぎ穂を見いだせないでいた。だが、私は必死で精神の均衡を保ちながら訊いた。

「じゃあ、誰が蓋を開けたかを君が知ったのは、いつのことなの？」

「キリコが死んでから、一週間くらい経った頃です。楓が教えてくれました。私と楓はとても仲がよかったから」

「そのとき、君はキリコさんが浄化槽に落ちた経緯《いきさつ》を話さなかったの？」

「はい、私は卑怯でした。楓からそんな勇気ある告白を聞いておきながら、自分が体験したことは何も話しませんでした。それどころか、楓の告白を聞いて、そのことは誰にも話さないほうがいいと忠告したんです。そういう話が広まれば、結局、私の行為も明るみに出るかも知れないと不安だったんです」

「その気持ちは分かるが、私が一番訊きたいのは、君が腕時計を取り出した理由なんです。私の推測では、ビニールバッグを入れると同時に腕時計を取り出しておけば、その行為をしたのは君だと思われる可能性が高く、あえてそうして真相の告白の道筋を作ったと解釈できると思うんだけど、それだけなのかな。私は、もう少し具体的な理由がある気がするんだが」

「それも、仰る通りです。私は今日、事件の経緯を説明する中で、一つだけ意識的に嘘を吐きました。私が手に入れていたキリコのテソーロは、実はキリコが私にくれた物ではなく、高山先生に渡してくれと頼まれた物だったのです。私とキリコは実は仲がよく、そういうことを言い合える関係だったのです。ただ、仲がいいことが知られると、私もいじめの対象になることを恐れて、みんなの前ではキリコと仲がいいことは見せないようにしていました。でも、いじめられているキリコを見ていると、本当に可哀想で、私は陰では、できるだけキリコに優しくしていました。キリコが高山先生を大好きなのは分かっていました。私も同じでしたから、その気持ちが手に取るように分かるのです。キリコは本当に好きな人にテソーロを渡すことを恥ずかしがっているように見えたので、『じゃあ、私がキリコからだと言って高山先生に渡してあげる』と言ったのです。でも、預かってみると、その腕時計はとても美しい上に、私も大好きな高山先生にキリコのためにそんなことをするのが、ばかばかしくなってしまい、結局、自分の物にしてしまいました。ですから、キリコが死んだと分かったとき、私はキリコに本当に申し訳ないと思う一方で、キリコの意思通り、それを高山先生に渡すべきだと思い始めたのです。しかし、事件後、あの先生は小学校にはまったく姿を現さなくなってしまい、結局、その腕時計は十年の間、私の勉強机の引き出しに入ったままになっているのです」

私は佐知の話を聞きながら、何度か大きくうなずいていた。これでほぼ納得できた。

「それで、君は私にどうして欲しいんですか？」

私は、そろそろ結論を促すように訊いた。

「私の罪の重さを量っていただき、病気の高山先生に罪を一人で背負い込まないように伝えていただきたいんです」

佐知が真剣な眼差しで答えた。

「高山先生に私がそういうことを伝えるのは構わない。しかし、君の罪の重さを量ることなど私にはできませんよ。それは今や、君の心の問題でしかあり得ない」

「仰ることは分かります。でも、私が先生を騙してまで、この合宿に参加してもらいたいと思った動機を聞いていただきたいんです」

佐知が通い始めた無双大学に、高山が教員として在籍していたのはまったくの偶然だった。あの高山先生が自分のいる大学で教えていることを知ったとき、佐知は過去の事件の真相を高山だけにはどうしても伝えたいと思い始めた。

佐知は、高山の心理学の授業を取り、やがて私にしたのと同じように、架空のエレクトーンサークルの代表を名乗って、高山に顧問の依頼をした。公認サークルの申請用紙は、学生部に行けば、誰でも手に入れることができるのだ。

あれから十年という歳月が流れ、佐知自身もすっかり面変りしていたから、その他大勢の一人だった佐知に高山が気づくとは思えなかった。このとき佐知が思いついたのは、「テソーロ」というサークル名だった。これで高山が何か質問してきたら、佐知は本当のことを打ち明けるつもりでいた。

「でも、キリコは高山先生に対して、テソーロという言葉を遣わなかったのか、高山先生からは格別な反応はありませんでした。それに何よりも、高山先生は体調が悪そうで、結局、その架空のサークルの顧問を務めることを引き受けたものの、一年半後にはメールで顧問の辞任を伝えてきたのです」

そのため、佐知が高山と話す機会がほとんどなかったのは容易に推測できた。ただ、高山が佐知の正体に気づいていなかったというのは違う。高山は私が「テソーロ」の顧問になったと言った直後に、この事件の告白をしているのだ。私がいずれ佐知から、事件のことを聞くことを予想しての先回りだったと考えるべきだろう。

「高山先生と十年ぶりに再会したことにより、私の罪の意識はさらに深まり、告白の衝動を抑えきれなくなってしまったのです。私はキリコの命日の八月八日より、一ヶ月ほど前に例のタイムカプセルを掘り起こすことを提案し、それは実際に実行されました。そこでこの合宿の計画が練られたのです。私はそれ以前にすでに先生の授業を受けており、ミステリー作家として知られた方だと言うことも分かり、しかも学生の噂話で先生が高山先生とも親しいことを知っていたのです。もちろん、私が過去の罪を告白する相手として、高山先生が一番いいのは分かっているのですが、その高山先生はああいうご病気になられていて、とても合宿に来ていただける状態ではありません。それで、そういうことを総合的に考えると、先生には大変申し訳ないのですが、今回の合宿には誰か客観的な人物を入れる必要があり、それは先生以外に考えられないと思うようになってしまったのです。私たち五人は、みんな十年前の罪の清算をしたいという強い気持ちを持っていました。特に、私は自分の罪が一番重いことは自覚していましたから、この偽の合宿を実行することに協力してくれるようにみんなに必死に呼びかけたんです。先生を騙すことには、強い反対の声もありましたが、最終的には、みんな納得してくれたのです」

佐知の説明はそれなりに理解できた。だが、だからと言って、私がこの五人のために何ができるかは依然として判然としなかった。私はさらに踏み込んだ発言をした。

「しかし、君は少なくとも汚水の中に沈もうとしているキリコさんを救おうとして、手をさし延べたわけでしょ。それが仮にうまくいかなかったとしても、誰も君を責めることなどできないでしょ。蓋を閉めてしまったのは適切ではないにしても、そんな異常な状況の中ではパニックになってしまうのは当然ですよ。しかも、あなたは小学校四年生だったんですよよ」

「違うんです。私は今になって思うのですけど、キリコに嫉妬していたのかも知れないんです。でも、キリコはいじめられっ子だったから高山先生に優しくしてもらえるんだって思うことで、私は精神の均衡を保とうとしていたんです。ところが、あるとき私は気づいたんです。キリコって、顔に火傷の痕があるためにきれいでないって印象が先行してしまうけど、顔立ちそのものはハーフ特有の美しさがあって、とても整っていたんです。更衣室で、高山先生がキリコを抱いているのを見たとき、高山先生だけはそのことに気づいていたんじゃないかと思ったんです」

不意に芥川の『地獄変』の一節が思い浮んだ。「かいなでの絵師には総じて醜いものの美しさなどと申す事は、わかろう筈《はず》がございませぬ」火傷の痕が醜いものだとすれば、高山は、要するに、「かいなでの絵師」ではなかったということなのか。

「もちろん、小学生にあんな性的行為をすることは許されるはずもありません。でも、あの光景を見たとき、私には高山先生が本当にキリコに愛情を持っていて、キリコに安心感を与えるために体を触ってあげていると感じたんです。キリコの本当に嬉しそうな反応が、そのことを示しているようにしか思えなかったんです」

それはあまりにも高山に好意的な解釈に過ぎるだろう。私はむしろ、高山のような男が小児性愛者の傾向を示していることに驚いており、今になって思えば、あの女たらしぶりはカムフラージュの演技だったのではないかという皮肉な見方さえしていたのだ。

「見た目でも気持ちの上でも、私はキリコに負けたような気持ちになっていたんです。あのとき私が思わず手を放してしまったのは、汚物の臭いやそれが手にまつわりついてくる気持ちの悪い感触に耐えられなかったからだと自分に言い聞かせて、仕方がなかったんだと始めは思い込もうとしていたんです、しかし、時間が経って思い返してみると、そうではなくて、私、高山先生がとても好きだったために、キリコに嫉妬して、故意に手を放したんじゃないかと思えてきたんです。そして、十年経っても、私の頭の中からは、汚水の中に沈んでいくキリコの頭髪の残像が消えないんです。キリコが私のせいでさぞ苦しい思いをしたでしょうと思うと、もう可哀想で——」

佐知の語尾は涙声になり、両手で頭を抱える仕草をした。

「それは違うと思うわ」

冨美佳が毅然として言い放った。その気弱な神経質そうなイメージからは想像できない力強い断言だった。

「時間が経ったから、想像でそう思うだけなのよ。佐知はそのとき絶対、必死でキリコを助けようとしていたのよ。でも、無理だった。誰にも無理な状況だったのよ。私は少なくともそう思っている」

私が口を挟む余地のない単純明快な反論だった。実際、佐知も顔を上げ、その顔に若干の平静さが戻っているように見えた。

「さあ、冷たいことを言うようだが、私はそろそろ執筆を開始しなければならないのでね」

私がこう言ったとき、部屋の柱時計は、すでに午前一時近くを指していた。

「そこで、私なりの総括をさせて欲しいんだ。君たちが私を騙してまで、聞かせてくれた話は、私に強烈なインパクトを与えたことは確かだが、一言で片付ければ、この事件には法的な意味では犯人はいません。牧川さんに関しては、さきほどの百瀬さんの説明で、すべて言い尽くされていると思います。浄化槽の蓋を開けるのは、もちろん、よくない行為ではあるが、所詮小学生のいたずらレベルの話でしかない。期待可能性という法的な視点で言っても、そこに人が落ちることは予想できても、その結果、死ぬことまで予想するなんて、現実問題としては不可能ですよ。そんなあり得ない偶然によって亡くなってしまったキリコさんは本当に可哀想だけど、私たちが今できることは静かに彼女の冥福を祈ることしかない。ただ、なお私にとって残る深刻な問題は、高山先生のことです。私がこの話を彼に伝えることは、私としては構わない。しかし、彼は今、膠原病という難病と戦っている最中だ。そういうとき、極端な精神的打撃を与えることは、致命傷にもなりかねない。そこで、これは私の御願いですが、話すタイミングは私に任せてくれませんか。案外すぐに話せるかも知れないし、一年、あるいはそれ以上かかるかも知れない」

私は五人の一人一人の顔を見回しながら、話していた。高山は、キリコの死に対して責任を感じていることを私に認めただけで、あまり具体的なことは話していなかった。彼が事件の客観的な真相を摑んでいるとも思えないが、それを伝えたときの反応は予想が難しかった。おそらく、彼が一番後悔していることは、キリコに対して性的行為をしたことだろうが、それは十年も経った今では、どうにもできない心の闇の問題に思えた。

だが、佐知を含めた五人とも私の発言に、小さくではあるが確かにうなずいている。ここが切り上げどきだと思った。こういうときは、合理的で不人情な男を演じるほうがいいのだ。

「じゃあ、そろそろ二階に上がらせてもらうよ」

私の言葉に五人が一斉に立ち上がった。佐知が代表するように話し出した。

「先生、今回は本当に有り難うございました。それから、先生を騙したことを心よりお詫びします」

　五人が一斉に深々と頭を下げた。

「いや、そのことはもう何とも思ってないから、みなさん、顔を上げてください」

　私は慌てたように言った。それから、五人がようやく顔を上げたところを見計らって、言葉を繋いだ。

「それで思い出したんだけど、一つ質問していいですか？　この中で本当にエレクトーンが弾ける人は何人いるの？」

「先生は何人だと思うんですか？」

　私の質問に、新庄が質問で答えた。その顔には若干笑顔が戻っている。

「そりゃ、一人だろ」

　私は佐知の顔を見ながら言った。

「よく分かりましたね！」

　新庄が感嘆の声を上げた。

「当たり前だよ！　エレクトーンは一台しかないじゃないか」

　新庄は声を立てて笑い、佐知が微笑んだ。他の三人の女性はきょとんとした表情をしている。

　さして面白くない冗談なのは分っていた。それでも、少しは明るい雰囲気で終わりにしたかったのだ。

翌朝、私は午前六時にタクシーを呼んで河口湖駅まで行き、東京への帰路についた。私がタクシーに乗り込んだとき、五人はまだ眠っていて、私が帰ろうとしていることに気づいていないようだった。それでいいのだ。

私は東京に戻ったら、近いうちに病院に高山の様子を見に行こうと思っていた。だが、『地獄変』風に言えば、高山はそのときもうこの世の人ではなかった。

ちょうど私たちが特異な懇親会を開いていた夜、高山は病院で息を引き取っていたのである。私はその情報を大月から新宿に向かう特急列車の中で、事務主任から送られてきたメールで知った。

私はそれを佐知のメールアドレスに転送した。余計なことは書かず、「高山先生とキリコさんのご冥福をお祈りしましょう」とだけ書いた。佐知からの返信はすぐには来なかった。

しかし、高山の死後、一週間くらいしてから、私の自宅に佐知から封書が送られてきた。封を切ると、簡単な文面のお礼の手紙以外に女性用の腕時計が入っていた。

全体的にさび付いた感じだったが、確かに革バンドの縁にエメラルドのような青い石が鏤められている。「高山先生の墓前に捧げてください」とある。

秋学期に入って、授業が始まった。初回のゼミで、希和や安藤の顔を見たとき、私はようやく、死者たちの世界から、現実の世界に戻ってきたように感じた。

私がキャンパスで佐知の姿を見ることはなかった。メールでの連絡も絶えている。

私はときおり、河口湖で佐知たち五人と過ごした夜のことを思い浮かべた。一人一人の顔は鮮明に覚えていたが、全体として見た場合、それは夢に現われる無声のフィルムの中の出来事にしか思えなかった。

それが現実であったことを伝えているものは、佐知の意思を無視して、依然として私の書斎の引き出しに収まり続ける、あのキリコのテソーロだけである。

第4講座
身の上相談
対処法演習

◎課題図書
三島由紀夫『獣の戯れ』

◎検索キーワード
唯識論

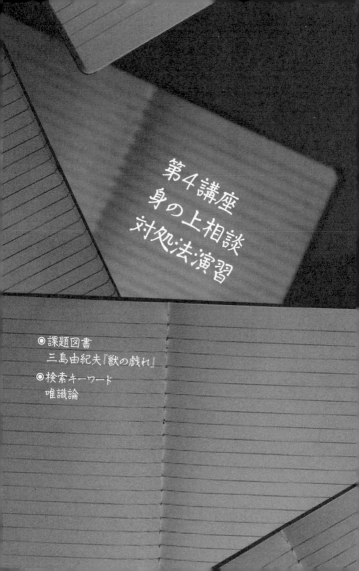

私が無双《むそう》大学文学部の教授になって以来、外部の人間から、よく受ける質問に「〜学部の××先生をご存じですか?」というのがある。その場合、私はほとんど百パーセントの確率で、「いや、存じ上げません」と答えることになる。

別に、故意にそう答えているのではなく、本当に知らないのだ。私が特に大学の人間関係に疎《うと》いわけでもなく、大学とは要するにそういう所なのである。

すべてが学部単位で動く縦割り行政で、特に無双大学規模の私立大学では、学部が違えば、何も分からないのが実情だろう。大学全体の教員数は、非常勤講師を加えれば、おそらく千人を遥かに超えるから、私のような専任教授であっても、面識のある教員はごく限られているのだ。

五月中旬の夜十時過ぎ、私は自宅のあるJR荻窪《おぎくぼ》駅改札の外に出たとたん、後ろから声を掛けられた。

「芥川先生でいらっしゃいますね。こんなところですみません」

振り向くと、紺のパーカーに黒のリュックサックを背負った、長身の若い男が笑顔で立っている。見たことがない人物だ。ただ、私はいささか酔い加減で、しらふの時と同じような認知力があったかどうかは疑わしい。

ゼミ修了後、例によって、ゼミ生の安藤謙介と篠田希和と新宿で飲んだ帰りだった。前日、長編ミステリーの第一稿を出版社に送っており、その安心感からその日はいつもより多い酒量を過ごしたことは自覚していた。

「すみません。どちら様でしょうか？」

私は普段にない馬鹿丁寧な口調で尋ねた。そのこと自体が、私が酔っていた証《あかし》だったのかも知れない。しかし、起こっていることをまったく理解できないほど酔っていたわけではなかった。

そもそも、路上で私が見知らぬ人間から声を掛けられる情況など考えられなかった。自慢ではないが、私がプロのミステリー作家としてデビューしてから、すでに十年だが、私のファンと称する人物から突然声を掛けられ、サインを求められたことなど一度もないのだ。

だから、その若い男の次の言葉は私にはあまりにも意外だった。

「僕、先生のファンなんです。特に、『ビザール』が大好きなんです」

私は何の言葉も返さなかった。いや、返せなかったというべきか。

別に、いきなり声を掛けられたことに、腹を立てていたわけではない。そんな情況にあまりにも慣れていなかったので、なんと答えていいのか分からなかったのだ。

やはり、不思議だった。『ビザール』というのは、bizarre《気味の悪い》という英単語から取った私の小説のタイトルで、ある長編ミステリー賞を獲得したデビュー作だった。私の小説の中では、そこそこの知名度があるから、この男が読んでいてもおかしくはない。しかし、私の顔写真などほとんど出回っていないのだ。それなのに、どうして私の顔を見極めることができたのか。

「あの——僕、こういう者です」

男が私の反応をどう受け止めたかは分からない。とにかく、ポケットに入っていた定期入れを取り出し、そこから一枚の名刺を抜き取り、差し出したのだ。

私は反射的に、それを受け取った。思わず苦笑した。その名刺には、「無双大学国際関係学部専任講師　朝永涼也《ともながりょうや》」とあったのだ。

「ああ、無双大の先生ですか」

すべて合点が行った。この朝永という男が、私と同じ無双大学の教員なら、私のことを知っているのはままあり得ることだった。学内知名度ということで言えば、一般社会における知名度よりは、ぐんと上がるのは当然だろう。

「ええ、私、いつもリーガルタワーのエレベーターの中で、先生の姿をお見かけするんです。声を掛けさせていただこうと思っていたんですが、学生もいるし、何となく声を掛けにくくて——」

朝永は話している間、笑顔を絶やさなかった。それでいて、こちらが退いてしまうような過剰なへつらいを感じさせるわけでもない。一言で言えば、朝永の印象は悪くなかった。

私はこのあと朝永と、当たり障りのない雑談を五分ほど交わした。同じ大学の教員だと分かると、急に気楽な気分になった。

近頃の大学は広報に力を入れていて、大学教授兼推理作家でもある私は学内ではやはり特異な存在だから、大学の広報誌やホームページの教員紹介コーナーなどに、写真付きで出ることがあるのだ。朝永は私の顔をそういう媒体で見たのかも知れない。

朝永は無双大学に赴任《ふにん》して二年目で、専門は国際関係論だという。朝永も荻窪駅が最寄り駅で、南口のほうに住んでいるらしい。私は北口方面だったので、結局、改札外で別れることになった。別れ際に、朝永が訊いた。

「先生の研究室はどちらでしょうか？」

「リーガルタワーの十六階です」

「そうですか。私は十四階です。こんなこと言うと、本当にミーハーみたいで恥ずかしいんですが、今度『ビザール』の単行本にサインをいただけないでしょうか？」

「もちろん、構いません。私のオフィスアワーは木曜日の三時間目ですから、そのときいらっしゃると、たいてい在室していると思いますよ。学生が質問に来ることは、ほぼ皆無ですけど」

私は笑いながら答えた。オフィスアワーというのは、平たく言えば、専任教員が学生のために設ける質問・相談タイムだ。教員側からすればサービス残業のようなものだが、人気教授の研究室には、多くの学生が押しかけてごった返すこともある。だが、私の場合、低調を極めるというのが正確だろう。

たまに、安藤がコンビニ弁当を抱えて、やって来るぐらいなのだ。安藤も一応、私の顔を立てて、質問があるように装っているが、本当の目的は違う。

ソファーでゆっくりと食事をして、冷蔵庫のペットボトルの緑茶を飲み、食後にコーヒーメーカーで煎《い》れるコーヒーを飲むのが目当てなのだ。そして、安藤の質問とは、基本的に雑談だった。

「では、明日、お伺いしますから、よろしくお願いします」

その日は水曜日で、翌日がちょうどオフィスアワーのある木曜日に当たっていたのだ。朝永は、晴れやかな表情で一礼すると、南口に向かう階段方向に歩き出した。あらためて見ると、なかなかのイケメンでスタイルもよい。まだ、三十代前半の年齢だろう。

大学教員のイメージも変わったものだ。パーカーにリュックというスタイルで、格好だけなら学生と変わらない。いや、格好だけでなく、私が話した感触も、まるでさわやかで感じのよい男子学生と話したのと同じだった。

翌日の午後一時過ぎ、朝永はさっそく『ビザール』の単行本を持参して、私の研究室を訪ねてきた。私が本を開いて、サインしようとしたとき、朝永が言った。

「すみません。私の名前の他に妻の名前も入れていただけないでしょうか？　妻も、推理小説が好きで、先生の大ファンなんです。それから、日付もお願いします」

私は朝永の妻の名前を手元にあったメモ用紙に書いてもらった。漢字を間違えることほど失礼なことはない。志乃羽《しのは》という個性的な名前だった。「二〇一九年、五月十五日」と日付を入れた。

私は黒のソファーで朝永と対座して、話していた。朝永は、やはり第一印象と同じで、自然体の感じのいい男だった。私のサインに対して、礼の言葉を丁重に述べ、『ビザール』を賞賛する言葉を口にした。

しかし、私のほうは前日と違ってまったくのしらふだったから、朝永との会話は多少とも堅くなりがちだった。私は自分の作品について、話されるのが面はゆく、朝永の言葉を微笑みで受け流し、話題の転換をはかった。

「国際関係論というと、私なんかはまったくの素人ですが、やはり国連と深く関わる学問なんでしょうか？」

こういう場合、まずは学問領域に関連する話題から入るのが、一番、無難なやり方なのだ。

「ええ、そうですが、私の専門領域は国際紛争論です」

「じゃあ、大学や家庭における紛争の解決は、お手の物ですね」

私は笑いながら言った。実際、家庭はともかく、大学でも派閥争いなどつまらぬもめ事が多いのだ。だが、堅くなりがちな会話を少し砕けたものにするつもりで言った一言が、違う意味で一気に雰囲気を変えた。

「とんでもありません！　国際紛争どころか、家庭内の紛争さえ解決できないんですから、情けない限りです」

舞台の暗転のように、朝永の顔が不意に曇った。私は、朝永の思わぬ発言に、息を呑んだ。

朝永は大学における「紛争」をまったく無視して、家庭における「紛争」に絞って、答えたのだ。一瞬、居心地の悪い沈黙が下りた。

「実は先生、今、私の家庭では『ビザール』で描かれているようなことが起こりそうな気配なんです」

朝永は深刻な口調で言った。冗談という雰囲気はまるでない。

それにしても、「『ビザール』で描かれているようなこと」とはどういう意味なのか。

『ビザール』は一人称小説で、行方不明になった妻を探すうちに、主人公の「私」が得体の知れない恐怖の闇に引き込まれていく話だ。

ただ、朝永が「起こりそうな」という言葉を遣ったことが意味深長だった。それは、まだ起こっていない、あるいはこれから起こるという意味に取れるからだ。

「何か心配事でもおありなんですか？」

思わず訊いた。誘い水と取られるのを恐れたが、自分でもそうではないとは言い切れない心境だった。

「そうなんです。実は、今日、そのことも先生と相談したくって――」

私はここで朝永が私に近づいてきた理由のことを考えざるを得なくなった。平たく言えば、朝永が私の小説のファンであることがいかにも怪しげに見えてきたのだ。

しかし、推理作家が現実のトラブルに対する高い処理能力を備えていると考えるのは、あまりにも素朴だろう。実際、朝永は知的で、そんな単細胞の人間には見えない。

それに、朝永がリーガルタワーで私の姿をたびたび見ていたのは事実だとしても、前日、知り合ったばかりの人物に、自分の家庭内の問題を相談しようとするのは、やはり普通ではないように思えた。私は、朝永の意図をはかりかねた。

「まさか、そんなことを言って、私の推理作家としての能力を試そうと言うんじゃないでしょうね」

私は、暗くなった雰囲気を変えようとするかのように、冗談めかした口調で言った。

「とんでもありません！　これ、結構、深刻な問題なんです。だから、ぜひ先生に聞いていただきたいんです」

朝永の表情は一層切羽詰まって、見えた。私は確信した。これが、朝永が荻窪駅改札の外で私に声を掛けてきた本当の理由なのだ。確かに、朝永が私の小説のファンであるかどうかなど、どうでもいいことである。朝永がそういう口実で、私と知り合いになろうとしたとしても、特に非難されることには思われなかった。

こうして、私はいきなり朝永の「家庭内事情」を聞かされる羽目になった。だが、それは私が予想していたような推理小説風の話ではなく、遥かにリアルな気味の悪い話だったのだ。


朝永の家は南荻窪の閑静な住宅街にあった。二世帯住宅で、一階は両親が使い、二階は結婚して二年目の朝永と妻の志乃羽が使っていた。朝永夫婦には、子供はいなかった。

二階の広さは二ＬＤＫで、一階に入らずに、外階段から二階の玄関に向かうことができる。両親と同居とは言え、都内の住環境としては、かなり恵まれた部類に入るだろう。その家は、貸倉庫を中心とした不動産業で成功していた朝永の父親の隆三《りゅうぞう》が五年前に買った中古物件である。

最初から一人息子の結婚後の生活を考えて、二世帯住宅を探していたのだ。築年数はかなり経っていたが、キッチンも風呂もトイレも、一階と二階の両方に付いているので、互いに気兼ねする必要がない。

食事も基本的には別々に取り、たまにどちらかが招待して、同じ食卓を囲むことがあるくらいだった。従って、嫁である志乃羽の立場から見ても、それほどの負担ではなかったことだろう。

実際、隆三の妻の遼子《りょうこ》も志乃羽のことを気に入っていて、よく世間で耳にする嫁《よめ》姑《しゅうとめ》問題も存在しなかった。要するに、家族間には大きな問題もなく、すべてが順調に運んでいるように見えた。しかし、ある男の存在が朝永家の家族関係に、信じられないような地殻変動をもたらすことになるのだ。

朝永家には、都内としてはかなり大きな庭があった。その庭の手入れのために、一年ほど前から柿本《かきもと》という庭師が出入りしていた。いわゆる飛び込みでやって来た男だったが、たまたまインターホーン越しに応対した隆三が雇い入れたのだ。

それまでは、前所有者の頃から出入りしていた庭師が、引き続き雇われていたのだが、その庭師が高齢を理由に引退してしまったため、庭師がいなくなっていた。一時的には、そういう方面での多少の知識を持つ隆三自身が、たまに見よう見まねで、庭の手入れをしていた。

ただ、やはり素人の手ではいかんともしがたく、庭の景観は目に見えて、美しさを失い始めていた。その意味では、柿本が飛び込みでやって来たタイミングは絶妙だったと言うべきだろう。

しかし、朝永は最初から柿本に警戒心を抱いていた。そもそも、振り込め詐欺やアポ電強盗が取りざたされている昨今、父の隆三が柿本を雇い入れた経緯は無防備に過ぎるように思えた。

柿本の庭師としての腕も分からないし、彼が請求する仕事に対する料金も妥当なものかどうかも判断できないのだ。冷徹なやり手の実業家である父親の隆三が、何故柿本をいとも簡単に雇い入れたのか、息子の朝永には不思議という他はなかった。ただ、家庭の外での仕事に気を張っている人間が、家庭内では気が緩んで思わぬ隙を見せることはあり得ないことではない。朝永は父親の行為を、最終的にはそんな風に解釈していた。

朝永以上に、柿本を嫌がっていたのは志乃羽だった。柿本の目つきが嫌だというのだ。柿本は五十代の半ばくらいに見えたが、確かに、その目つきは典型的な狐目で、どこか窃盗犯を彷彿《ほうふつ》とさせた。

だが、志乃羽がほのめかしていることは、それとも微妙に違っていた。志乃羽はむしろ、その濁った視線に、性犯罪者の臭いを感じ取っていたのだ。こういう志乃羽の直感は、朝永には馬鹿にならないように思えた。というのも、一番頻繁に柿本に接していたのは、志乃羽だったからだ。

志乃羽が嫁いできたばかりの頃は、前の庭師が辞めた直後のことで、志乃羽も舅の隆三に頼まれて、剪定《せんてい》を手伝っていた。だから、剪定の基本程度なら分かるのだ。

柿本が庭師として入ってきてからは、隆三は仕事が忙しいこともあって、庭のことは志乃羽に任せきりになっていた。姑の遼子は足にリウマチを抱えている上に、もともと剪定などに興味がない。朝永は、日中は大学に出かけていることが多いから、結局、志乃羽が柿本の剪定に立ち会うことになるのだ。

志乃羽の話では、柿本の志乃羽に対する態度は最初から横柄だったらしい。

「奥さん、悪いけど、お茶を一杯くれない？」

たいてい午前八時頃やって来る柿本は、まずこう言うのだ。言われなくても、当然、お茶くらい出すつもりだったが、催促されるのは、やはり不愉快だ。それに、結婚前に実家で住んでいたときも、いろいろな職人が家に出入りしていたが、最初からお茶を催促する職人は皆無で、むしろ、すぐに仕事に取りかかって、休息時間にお茶を飲むことを好むのが普通だった。

それなのに、柿本はときに、お茶どころか、朝食さえ要求することがあった。

「奥さん、俺、朝飯《あさめし》まだなんだ。トーストでいいから、ゆで卵と一緒にもらえない。

それとコーヒーも――」

この要求にも志乃羽は、その場ではやむなく応じた。ただ、内心では夫に話して、庭師を変えるように頼むつもりだった。だが、それを困難にするような、思わぬ情況が出来《しゅったい》していたのである。

柿本が遼子に取り入って、大のお気に入りになってしまったのだ。庭は、当然、一階に面しているため、窓を開けて、縁側に座って庭を眺める遼子は、柿本と頻繁に顔を合わせた。

柿本は遼子に対しては、丁重きわまりない態度で接した。言葉遣いも、志乃羽に対するのとは、がらりと変える。必ず、頭に「奥様」を付け、最敬語で話すのだ。その上、遼子が要求するちょっとした仕事をまめにこなしたため、遼子は頻繁に柿本に頼み事をするようになっていた。

実際、柿本は今や庭師というより、便利屋のような存在だった。遼子に頼まれて、室内扉の蝶番《ちょうつがい》の不具合を直したり、破れた襖や障子を張り替えたり、さらには、リウマチで歩行が困難な遼子のために、買い物にまで出かける。

一方、志乃羽には柿本の庭師としての腕はいかにも怪しい物に見えていた。まったくの素人の志乃羽にさえ、柿本には庭師としての専門的知識が欠けているように見えたのだ。

柿本が庭木《にわき》の種類をきちんと理解しているとは思えなかった。クロガネモチとアラカシを何度も言い間違え、キンモクセイのことをカエデと言う始末なのだ。剪定においては、どの枝を切るべきかは個々に違うはずなのに、どの庭木も同じ位置の枝を機械的に切っているように見える。しかも、切断面が妙に不揃いなのだ。

志乃羽は夫にこのことも伝え、柿本が庭師であることに根本的な疑問を呈していた。だが、何しろ、遼子が柿本を異常に気に入っているため、朝永も志乃羽の言うことに納得しながらも、なかなか決断できないでいた。

実際、朝永はまずは忙しい隆三よりは、遼子のほうに柿本の問題点を話してみたのだが、遼子はまったく意に介さなかった。

「庭師なんて、それでいいのよ。ただの便利屋さんと思えばいいじゃない。あれで、実際、役に立っているのよ。志乃羽さんなんかに、いちいち買い物を頼むのは、気が引けることもあるけど、あの人には気楽に頼めるから。庭木について専門的な知識を持っていても、私には逆に、何の役にも立たないわ」

遼子が柿本を信用し、妙に有り難がっているのは確かだった。朝永は、それ以上強く、朝永の解雇を主張できなかった。

結局、隆三にも話したが、隆三の反応もいまいちだった。「分かった」と言ったものの、「すぐに代わりの庭師を見つけるのは難しいから、もう少し様子を見よう」というのがとりあえずの結論だったのだ。

しかし、朝永は、ある日の午後二時頃、大学の授業を終えて帰宅したとき、二階の窓から異様な光景を目撃した。ちょうど小さな池のむこうにあるキンモクセイの木の前で、志乃羽と柿本が立っているのが見えたのだ。

その曜日の授業は午前中だけだったが、いつもは研究室に残って仕事をするのが普通だった。ただ、その日は何か妙な胸騒を覚えて、早く帰宅したのだ。従って、志乃羽も柿本も朝永の早い帰宅を予想しておらず、外階段から二階に直接上がった朝永の姿を二人とも見ていないはずだった。

窓は閉めたままであったし、志乃羽と柿本の位置は朝永のいる二階の窓際からかなり離れてもいたため、会話の内容はまったく聞こえなかった。しかし、柿本が一方的に喋り、それを志乃羽がうなだれて聞いているような雰囲気だった。まるで、父親に叱責される娘の姿のように見えたのだ。

だが、朝永を驚かせたのは、志乃羽の服装だった。膝上二十センチくらいの赤いミニスカートに白い長袖のTシャツ姿だったのだ。五月の新緑の頃で、二十八歳になる女性の普段着としては別段珍しくもないが、柿本の視線を気にしていた志乃羽がそういう格好をしていることが、朝永にはひどく不思議に映った。

志乃羽は室内ではその赤いスカートを穿くことが多かったが、あくまでも部屋着として使用しており、外出するときはもとより、階下の両親と顔を合わせるときも、こまめに着替えていた。実際、そのスカートの丈はかなり短く感じられ、太股《ふともも》がはっきりと見える程度だったのだ。

志乃羽は清楚な印象を与える美人だったので、その服装が意表を衝いている分、より刺激的に映る。だから、志乃羽がそんな格好のまま、柿本の前に出たことが朝永には信じられず、あまりにも無防備にも思われたのだった。

ひょっとしたら、柿本は約束外の日に、突然、やってきたのかも知れない。そのため、志乃羽は着替える時間がなく、やむなくそんな格好のまま、柿本の前に出たのではないか。

実際、柿本が来る日は、曜日で決まっているのではなく、一日の仕事を終えたあとの別れ際に、次の日にちを告げるのが普通だった。近頃では、志乃羽も「その日は、私はいませんけど、よろしくお願いします」と言って、柿本が勝手に庭に入って、仕事をすることを許可していた。だが、そう言うと柿本は「じゃあ、何日なら都合がいいの？」と訊くことが多く、志乃羽がいるとき以外は来たくないという態度を示すのだ。

志乃羽にしてみれば、苦しい選択だった。確かに遼子しかいないときに、柿本を庭に入れることは不安だし、危険にさえ思えた。

柿本が遼子に取り入って、何かとんでもない約束をさせることを恐れていた。それに、志乃羽の目にも遼子は特に無防備な女性だったから、柿本が遼子の目を盗んで、一階の部屋の中の、経済的に価値のある絵画や掛軸を持ち去る可能性さえ考えていたのだ。

しかし一方では、志乃羽は、やはり柿本と接するのが苦痛だった。できたら、柿本の仕事に立ち会うのは避けたいという気持ちが働くのだ。そのことを、志乃羽は夫の朝永にはっきりと伝えていたという。

だからこそ、朝永には志乃羽のその格好は、意外を通り過ぎて、ほとんど衝撃的だったのだ。その無声のフィルムの一コマのように見える、窓から見下ろす志乃羽と柿本の光景は不可解であり、何とも言えぬ不安を喚起した。

志乃羽は一見、おとなしく見えるが、気はけっして弱くない。少なくとも、芯《しん》はしっかりしていて、あまりにも理不尽な要求にははっきりと言い返すだろう。にも拘わらず、志乃羽の様子は一方的に何かを言われていて、一言も返すことができないでいるように見えたのだ。

やがて、柿本から解放された志乃羽が庭の外に出るのが見えた。朝永は志乃羽が外階段を上って、二階に戻ってくるのだろうと予測した。

いったん、外に出ないと二階には上がってこられない建物の構造になっているのだ。

予想通り、しばらくして、階段を上る足音が聞こえ、玄関の開閉音が聞こえた。

志乃羽は、リビングにいる朝永の顔を見て、明らかに驚いているようだった。やはり、普段の習慣から言って、こんな早い帰宅は予想していなかったのだろう。

「今日は、研究室で仕事をしようと思っていたんだけど、研究資料を自宅の書斎に置き忘れたことに気づいて、早く帰ってきたんだ」

朝永は訊かれもしないのに、妙に言い訳がましく言った。志乃羽は小さくうなずいただけだった。

近くで見る志乃羽の姿は、やはり刺激的だった。赤いスカートの丈は相当に短い。それは、手の甲まで半分ほど隠れる、長すぎるTシャツの袖と対照的で、その剝き出しになった白い太股が妙に艶めかしいのだ。

しかも、朝永は志乃羽がストッキングを穿いておらず、生足であることに気づいていた。それも、異例どころか、朝永でさえ、初めて見る志乃羽の姿だったのだ。そういう格好を室内でしているときでも、志乃羽は必ず肌色のストッキングを着用していた。

「何かあったの？」

朝永もさすがにこう訊かざるを得なかった。だが、不可解なのは、そのときの志乃羽の態度だった。

「誰と?」

志乃羽は怒ったような口調で訊き返したのだ。

「柿本さんだよ。さっき、庭で話していただろ」

「別に何もないわ。剪定のことで少し、説明を受けていただけ」

そう言うと、志乃羽は朝永から視線をそらした。口調とは裏腹に、声に元気がなかった。それに、手を洗うために風呂場に向かうとき、志乃羽の横顔の、右瞼の下にうっすらと涙が滲んでいるのに気づいた。

志乃羽が柿本の前で泣いたのは確かに思えた。朝永は激しく打ち始めた自分自身の心臓の鼓動を聞いていた。


「すると、朝永さんとしては、奥さんがその柿本という庭師に、何かのことで脅されているとお考えなんですか?」

私は直裁《ちょくさい》に訊いた。話の流れでは、そうとしか考えられなかった。

「ええ、そうです。しかし、今では志乃羽だけではなく、父親も何らかの脅しを受けているとしか思えないんです」

「お父さんも? それは何でまた――」

「父の様子も明らかにおかしいんです。母はもともと、柿本を信用しきっていたのですが、この頃、父親までが柿本に対して妙にへりくだるようになってしまったんです」

朝永は、庭で志乃羽と柿本の姿を目撃したあと、さすがに父親に話して、柿本の解雇を求めた。しかし、父親は何故か言葉を濁し、以前にも増して、柿本の解雇には消極的な態度を示し始めたという。

遼子の反応はもっと露骨になっていた。朝永が柿本の解雇に言及するたびに、ほとんどヒステリックな態度になって、反対し始めたのだ。

「あなたも志乃羽さんも、私のために何をしてくれるの？　せいぜい、ついでのときに、私の頼んだ物を買ってくれるだけじゃない。でも、あの人は、労もいとわず、私のためにだけ、わざわざ買い物に出かけてくれるのよ」

まるで、柿本のために、これまでなかった嫁姑問題が勃発したかのようだった。その発言は、普段から自分をないがしろにしている息子夫婦を非難しているようにも聞こえたからだ。

「要するに、その庭師が出入りするようになってから、家族関係が分断され、これまでなかった軋轢《あつれき》が生まれたということですか？」

朝永は私の質問に大きくうなずいた。

「そうなんです。まるで、家庭内に悪魔が入り込んだような印象なんです。私の家庭をコントロールしているのは、今やあの男なんです」

「しかし、問題解決のためには、奥様やお父さんが、柿本にどんな弱みを握られているかをまず知ることが必要でしょ。何か心当たりはないんですか?」

「それがまるで見当がつかないんです」

朝永は、途方にくれたような表情で答えた。その表情は、少なくとも私には嘘を吐いているようには見えなかった。


「先生、今やキャバクラでアルバイトする女子学生なんて珍しくありませんよ。一流大学の女子学生だって、ゴロゴロいるそうですよ。そういうとこで、働くことにあまり抵抗がないらしいですね」

安藤がしたり顔で言った。もともと、ある意図があって、私のほうが持ち出した話題だった。

その日の飲み会に参加していたのは、常連の安藤と希和以外には、紺野香奈《こんのかな》だけだった。安藤も希和も四年生だったが、香奈は三年生である。

香奈がゼミ終了後の飲み会に参加するのは、珍しい。黒縁の眼鏡を掛けたいかにもきまじめな雰囲気の女子学生なのだ。

黒のパンツスーツに紫のブラウスといういささか堅苦しい服装で、ジーンズのショートパンツにTシャツとカーディガンという希和のラフな格好とは対照的である。アルコールにも弱く、ビール一杯で顔が赤くなってしまう。

その日も、生ビールの小を取ったものの、一口飲んだだけで、大半を残したまま、ウーロン茶に切り替えていた。

「抵抗がないどころか、自分の通っている有名大学名を堂々と言い、それを売りにしているホステスもいるらしいね」

私は、安藤の発言を補足するように言った。一応、伝聞表現を使ったが、それは私自身の体験談でもあった。たまに、親しい編集者に誘われて、銀座《ぎんざ》や新宿《しんじゅく》のクラブやキャバクラに行くことがあり、何度かそういう女子学生に出会ったことがあるのだ。

もちろん、相手が嘘を言う可能性も排除できないが、私も現役の大学教授だから、そういう嘘を見抜く自信はある。そして、私の判断では、いずれの場合も、自分が通う有名大学の名前を出したホステスたちは、本当のことを言っているように思えたのだ。

「ええ、そうなんです。大学名で、時間給も決まっているって言いますからね。東京でも、東大《とうだい》や早慶《そうけい》の女子学生は、容姿が一定の水準を超えていれば、最上級の時間給らしいです。ただ、そういう場合、経営者に学生証の提示を求められるそうですが」

「君、ばかに詳しいじゃないか。そういう場所に、行ったことがあるのか？」

　私は茶化すように訊いた。

「僕が行けるわけありませんよ。そういう場所は、とてつもなく高いって言いますからね。こういう情報は、みんな、週刊誌の受け売りです」

「じゃあ、無双大は、どれくらいのランクなの？」

　希和が訊いた。その日、希和と私は島根の地酒「豊の秋《とよあき》」を飲んでいた。安藤は、相変わらず、ビール一辺倒だ。

「まあ、上《じょう》の下《げ》ってとこかな」

　安藤は幾分、躊躇するように答えた。本当は、大学の偏差値ランキングで言えば、中《ちゅう》の上《じょう》と言うべきところを、希和や香奈に気兼ねしてワンランク上げて答えた印象だった。安藤は無神経に見えて、妙なところで気を使う男なのだ。

「しかし、今はキャバクラやクラブでもらえるお金も、よほどの売れっ子にならない限り、そんなに高くはないんじゃないか。普通のＯＬより少しいいという程度のところも多いらしいよ」

　私が言ったことは、作家仲間の四方山《よもやま》話でよく聞く話だった。大学教員がそういう場所に出入りすることはあまりないが、エンタメ系の作家には取材も兼ねて、結構頻繁にキャバクラやクラブに出かけ、詳しい情報を持っている者もいるのだ。

「それはその通りです」

またもや、安藤がしゃべり出した。

「だから、ブランド物のバッグなんかをローンで買い過ぎて、高額な借金を抱えてしまった女子学生が、そういう借金地獄から抜け出すためには、キャバクラに勤めるくらいじゃとても無理で、やっぱり、風俗に行くしかないそうです。最近、『週刊リアル』の記事で読んだんだけど、そういう事情を抱えた、超有名大学の女子大生が風俗で働くことも珍しくないらしいですよ。中には、親の会社が倒産してしまって、学費が払えなくなったために、仕方なく働いているという可哀想な事例もあるって書いてあったけど」

「風俗って、どういうところを言うんでしょうか？」

今度は、香奈が丁寧な口調で安藤に訊いた。三年生が四年生に話すとき、丁寧語を遣うのは普通のことだが、香奈の言葉遣いは丁寧過ぎた。ただ、香奈は特にかまととぶっているのではなく、本当に風俗の意味を知らないようなのだ。

安藤は、動揺を隠すように、若干せかせかと、目の前の「もやしのピリ辛炒め」を箸で口に運んだ。その仕草が、妙におやじ臭い。だが、安藤は案外堂々と、香奈の質問に答えた。

「まあ、いろいろあるけど、代表的なのは、デリヘルとソープかな」

「デリヘルって何ですか？」

「デリバリー・ヘルス。つまり、健康を配達するんですよ」

安藤も、さすがに香奈の質問攻めに辟易《えきえき》したように、煙に巻くような返事をした。

香奈は、きょとんとした表情だ。とても、安藤の言ったことを理解したようには見えない。

「つまり、セックスのケイタリングなんじゃない」

突然、希和がかなり甲高い声で言った。隣のテーブルに座るサラリーマン風の男性客四人がちらりと希和のほう振り返ったように思えた。

それにしても、「セックスのケイタリング」とはうまいことを言う。私は心の中で、苦笑した。

「まあ、そう言えば、そうだけど」

安藤は不意に声のトーンを下げて、つぶやくように応じた。やはり、希和と会話するとき、安藤の様子は微妙に変化した。希和に対する愛情オーラが、どことなくにじみ出るように見えるのだ。

「安藤君、そういうとこも利用したことがないの？」

希和がいつも通り、ケタケタと笑いながら訊いた。周囲の反応を気にしている様子はまるでない。

「ないですよ。デリヘルって、とんでもなく高いんだよ。もう少し安いところだったら、行くだけは行ったことがあるけど」

そう言うと、安藤はビールの大ジョッキを大きく傾けた。まるで、これから告白タイムに入るために、景気づけをしている動作に見えた。

「それどういうところ？　教えて？」

希和は相変わらずニコニコして、興味津々《きょうみしんしん》という態度で訊いた。

「大阪で、友達に誘われて、『ふんどしパブ』には行ったことがありますよ」

「それ、なに！！」

希和は爆笑した。私も、釣り込まれるように笑う。笑っていないのは、香奈だけだ。セクハラにも取られかねない不謹慎な発言に腹を立てているという雰囲気でもなく、あくまでも意味不明という表情だった。

「いや、そんなにたいしたところじゃないんだ」

安藤は、希和の予想外に過剰な反応に慌てたように、早口で説明を始めた。私のほうに顔を向け、まるで私にだけ説明しているように、言葉も丁寧語だ。やはり、若い女性に直接そんなことを言うのが、安藤にしても憚《はばか》られるのかも知れない。

「酒を飲みながら、上半身裸で、下半身に赤いふんどしを着けた若い女性同士が相撲を取るのを観戦するんです。途中で、『にぎわいタイム』というのがあって、客も一万円払えば、女の子と相撲を取れる時間帯があるんです」

「それで、安藤君も、一万円払って、参戦したの」

希和がいかにも嬉しそうに、突っ込みを入れた。

「するわけないでしょ。一万円なんて、僕にとって、虎の子の大金ですよ。僕が消費したのは、結局、入場料の千円とワンドリンク代の千円の計二千円だけ。でも、これも風俗と言えば、風俗だから、参考のために話しただけです」

「何だ！　つまんないの！　どうせなら、安藤君も相撲を取ればいいのに」

ここで、また、希和が爆笑した。しかし、私は笑わず、香奈の顔にちらりと視線を投げた。アルコールが入っているはずの希和の顔はまったく変わっていないのに、ほとんどアルコールを口にしていない香奈の顔が赤くなっているのが、いかにも皮肉だった。

それにしても、私も「ふんどしパブ」なるものが実在するのか、確信が持てなかった。だが、まさか安藤の作り話でもないだろう。むしろ、それはあらゆる点で奇抜なことを好む大阪人が、いかにも思いつきそうな風俗産業に思えた。

「ところで、誠に訊きにくいことだが、今の女子学生にとって、キャバクラに勤めることと、風俗店に勤めることはそんなに違いがあるのかな。つまり、風俗店に勤めることは、そんなにハードルが高いことなのかね」

私は話題を変えるように、幾分、躊躇しながら尋ねた。ただ、私は何も女子大生の意識調査という意味で、そんな質問をしたわけではない。私の頭には、あることが引っかかっていたのだ。

「それはその子の性格にもよるんじゃないですか」

すぐに、希和が真顔で答えた。

「性格ね。それは、どういうことだろう？」

「あくまでも、水商売はキャバクラが最終ラインと決めて、借金を長い時間を掛けて返そうとする我慢強い性格の子だったら、風俗にまで落ちることはないと思います。でも、気の短い短期即決型の子もいて、どうせ水商売をやるなら、中途半端なキャバクラより、実入りがよく、短期間で借金を返せる風俗を選ぶ子もいると思うんです。つまり、道徳的な基準というより、合理的な効率性で決めるというか――」

分かりやすい説明だった。私は希和の説明に、それなりに納得していた。今の時代は、道徳より合理性なのかも知れない。そのとき、不意に安藤の咳払いが聞こえた。

それから、安藤がおもむろに質問した。

「篠田さんは、どっち派なの？」

「私ね――その中間くらいかな？」

「中間って？」

遠慮がちながら、安藤がさらに質問を重ねる。

「やっぱ、『ふんどしパブ』でしょ！　そういう格好をして、お客さんと相撲を取るだけなら、性行為をする他の風俗よりはいいし、お金もキャバクラよりはもらえると思うし」

安藤は体をのけぞらし、絶句していた。だが、私は思わず吹き出していた。

「もっとも、私のふんどし姿なんか、誰も見たがらないだろうけど」

希和はそう言うと、私と一緒に笑い出した。安藤は、ただただ呆然としているように見えた。希和のそんな姿を見たくないと言いたいのか。それとも、その逆なのか。しかし、ここで香奈が思わぬ発言をした。

「いいえ、私、希和さんのふんどし姿みたいです。希和さんなら、そういう姿、りりしくって、とても格好がいいと思います」

「いやだ、私、香奈ちゃんにそんな格好見られたら恥ずかしいよ」

希和の顔にはうっすらと赤みが差していた。アルコールの赤みではないだろう。

その希和の顔を見て、香奈も一層顔を赤くしている。香奈の気持ちは何となく分かった。確かに、希和は宝塚的な男装の似合いそうな女性なのだ。香奈はそんな希和にほのかな憧れの気持ちを抱いているのかも知れない。

もう一度、安藤の顔を見た。思わぬライバルの出現にさらに混迷を極めたように、安藤の上半身は、落ち着かない様子で小刻みに揺れていた。

だが、やがて、私は別のことを考え始めた。実は、前日の夜、私は朝永から長文のメールを受け取っていたのだ。そのメールの内容が、その居酒屋での私たちの会話と多少の関連があるのは、確かだった。

芥川竜介先生

先週の木曜日は、ご面会いただきありがとうございます。心から、感謝申し上げます。

しかし、先生にさらに相談しようと思っていた矢先、決定的なことが起こってしまいました。昨日から、妻の志乃羽が姿を消してしまったのです。いや、妻だけではありません。私の両親の姿も見えないんです。つまり、私を除く、家族三人が一日のうちに、忽然《こつぜん》と姿を消してしまったわけです。

今日は、さすがに私も大学の授業すべてを休講にして、あらゆる手を尽くして、妻や両親を探しました。三人とも、携帯がつながらなくなっていましたので、思いつく限りの、三人の知人や友人と連絡を取ってみましたが、今のところ、手がかりはありません。ただ、何が起こったかについては、およその想像が付いています。

一階の両親の寝室を調べたのですが、部屋の隅に置いてあった金庫が開かれ、中の現金や預金通帳が消えています。正確には分かりませんが、現金は少なくとも、七百万から八百万円程度あったと思います。それに、今夜、荻窪警察署に通報して、家宅捜索が行なわれたのですが、寝室の床には拭き取ってはあるものの、はっきりと血液反応があるようです。担当刑事の話では、DNA鑑定が可能かどうかも含めて、結論が出るまで、もう少し時間が掛かるそうですが、私としては、おそらく両親の血液ではないかと考えています。庭の納屋に収納されていた園芸用の手斧も行方不明になっていますので、私はそれが両親を襲った犯人が使用した凶器だったのではないかと、危惧しております。

犯人は、言うまでもなく、柿本です。私には、彼が初めから強盗もしくは窃盗目的で家の中に入り込んできたのではないかという疑惑を抱いておりましたが、その疑惑は今の時点では、確信に変わっています。しかし、今頃、そんな確信を抱いたところで、すでに決定的なことが起こってしまったあとである可能性が高く、こんなあと知恵は何の役にも立たないでしょう。ただ、悔やまれるのは、何故ことがここに至る前に善後策を講じられなかったのかということです。先週、先生の研究室にお邪魔した時点で、私はすでに十分な危機意識を抱いておりました。だからこそ、私のほうは一方的に存じ上げていたとは言え、まだ出会ったばかりの先生に、家庭の事情を申し上げてまで、アドバイスを求めたのです。

私は先生に、妻や両親が脅されていることはお話ししましたが、その時点では何故脅されているのか、分かっていませんでした。ですから、先生も「まずは、その理由を突き止めてから、善後策を講じるべきだ」とおっしゃいました。これはまことに当然なアドバイスですので、私は真実を知ることを恐れながらも、妻と本気で向き合って、その理由を、一昨日の日曜日の夜、つまり、行方不明になる前日に聞き出したのです。

その結果、妻は柿本とは実はもともと知り合いだったことを認めました。志乃羽は学生の頃、一時的にデリヘルでアルバイトをしていたことがあり、柿本はその頃、志乃羽の常連客だったというのです。ただ、柿本が私の家に飛び込み営業を掛けて、志乃羽と再会したのは、まったくの偶然だったようです。志乃羽は、最初は柿本のことを気づいていませんでした。彼女が大学時代にデリヘルのアルバイトをしていたのは、およそ六ヶ月くらいだったのですが、短期間とは言え、相当数の客を相手にしており、客の顔をいちいち覚えていられなかったと言っています。それに、その頃からすでに七年ほど経っているので、志乃羽が柿本を認識できなかったのは、ある意味では何の不思議もありません。いや、柿本のほうも、すぐに志乃羽を認識できたわけではなかったようです。

しかし、何度か会話をするうちに、柿本は志乃羽のことに気づき、それをネタにしていろいろなことを要求し始めたのです。もっとも、表向きは、「大丈夫だよ。俺はそういうことを口外するような男じゃない。庭師というのは、他人《ひと》の家庭内を偶然見てしまうことが多いから、秘密は絶対に守るという習性が身についているんだ」と柿本は言っていたそうですが、同時に言葉の端々に妻の過去をほのめかして、いろいろな要求をしていたそうです。初めは金銭的な要求がほとんどで、しかもそれほどむちゃくちゃな要求でもなかったようです。

柿本への支払いは、仕事単位で行われていたのですが、例えば剪定が一区切りついたところで、五万円程度を支払うとき、柿本はさりげない口調で、「奥さん、もう一枚くらい色をつけてよ。別に、奥さんの秘密を他人《ひと》に話す気はないけど、俺も気持ちよく仕事をしたいから」と言うのです。これが脅し文句でなくて、なんでしょう。しかし、志乃羽にとって、私の父親から預かっていた五万円に加えて、自分の小遣いで一万程度を上乗せすることは経済的にはあまり負担になりませんので、志乃羽はその程度の要求にはやむなく応じていました。実際、金銭的要求に限って言えば、柿本の要求はせいぜいその程度で、一万円札を一枚か二枚余計に払う程度で、済んでいたのです。

ところが、やがて柿本は、ある種の性的な要求と解釈できることを言い出しました。志乃羽の服装に、あれこれと注文を付け始めたのです。「奥さんは、ズボンより、ミニスカのほうが似合うね。昔はそうだったじゃない」そう言われると、志乃羽は暗示に掛けられたようになり、ある程度は柿本の要求に従わざるを得なかったと言っています。ただ、すでに先生にお話しした赤いミニスカートを穿いた生足で、柿本の前に出たときは、柿本は恐ろしく不機嫌で、かなり露骨な言葉を遣って、妻にそういう格好をすることを命じたようなのです。

こういうすべての告白を、私が問い詰めて告白したというより、決定的な危機意識に駆られた妻のほうから積極的に話し出したと言ったほうが正確でしょう。志乃羽が言うことには、自分の体に降りかかるかも知れない柿本の魔の手もさることながら、柿本の本当の狙いは、一階の両親の寝室に置かれている金庫の中の現金だというのです。実際、柿本は暗示的な言い方ながら、しきりに志乃羽に金庫の鍵の暗証番号を聞き出そうとしていたようです。もちろん、志乃羽は知っていても教えるはずはないのですが、実際にはそんな番号は知りませんでした。しかし、志乃羽が危惧していたのは、柿本が母からその暗証番号を聞き出してしまうことだったのです。柿本を信用しきっていた母は、あらゆることを柿本に頼んでおり、キャッシュカードの暗証番号まで教えて、銀行の普通預金の引き出しをさせていたのです。もっとも、その普通預金口座にはもともとたいした金は入っていませんでした。柿本もそのことを知っていましたので、そこにはわざと手を付けずに、母の言う通りに、預金の引き出しを行い、もっぱら母の信用を得ていたのだと思います。確かに、志乃羽の言う通り、柿本の狙いがそんなはした金ではなく、金庫の中の現金であることは間違いないように思われました。

志乃羽の話にはもう一つ、父に関するとんでもない内容が含まれていました。志乃羽は柿本から、数葉の写真を見せられていたのです。被写体はすべて彼女自身です。彼女が庭でしゃがみ込み、スカートの奥の下着までがはっきりと見えているものまでありました。志乃羽によれば、父の剪定の手伝いをしていたときに、隠し撮りされた物だろうということでした。柿本は、それらの写真を父の書斎の引き出しで発見し、その一部を持ち出してきたと言ったそうです。

もちろん、それは柿本自身が撮ったものだと疑うことも可能ですが、その写真を妻から見せられた瞬間、私は直感的にそれを撮ったのはやはり父だろうと思いました。柿本は少なくとも一階の両親の部屋に関する限り、自由に出入りできる状態になっていたのです。室内の雑多な仕事を、母はほとんど彼に任せていましたので、父のいないときに柿本が父の書斎の引き出しの中を調べることなど、わけがなかったはずです。

それらの写真について、柿本が言ったことが本当であるのは、父の態度によっても実証されているようにも思えました。柿本の解雇にひどく消極的になっていたばかりか、私が父の前で柿本のことを言い出した瞬間、父は露骨に嫌な顔をして、話題をそらすようになっていました。

しかし、事態がここに至っては、そんなことも言っていられません。志乃羽は自分の過去の恥部を晒してまで、本当のことを打ち明けてくれたわけですから、私も覚悟を決めて、もう一度父に話して、柿本を私の家から追い出すしかないと思ったのです。それは志乃羽の思いとも一致していました。昨日の夜、母のいないところに父を呼び出し、私と志乃羽で父を説得するつもりだったのです。ところが、昨日の月曜日は一時限目から授業があり、夕方自宅に帰ってみると、すでに志乃羽も両親も姿を消していたのです。私は三人を探すと同時に、柿本とも連絡を取ろうとしたのですが、この時点になってようやく、連絡の取りようがないことに気づいたのです。柿本は志乃羽にも彼の携帯番号を教えていませんでした。いや、そもそも柿本が携帯電話を持っていたかどうかさえも、分からないのです。住所も分かりません。そんな人間をどうして庭師として雇い入れたのか、今から思うといかにも不思議ですが、成り行きでそうなってしまったと説明するしかありません。

私はここで書いたのとほぼ同じ内容のことを荻窪署の刑事にも話しています。おそらく、裏を取るために、荻窪署の刑事がごく近いうちに先生を訪ねてくるかと思います。その場合は、本当のことをお話しくださって、いっこうに差し仕えありません。要求があれば、このメールを直接見せても構いません。私としては、なんとしても妻と両親を探し出したいと思っていますので、家族の恥をさらしてまでも、警察に全面協力をする覚悟でおります。また、先生におかれましても、何かご意見やアドバイスがございましたら、是非ともご教授していただきたいと考えております。メールでも、電話でも構いません。私としては、妻と両親が見つかるまでは、大学の授業は休講にいたしますので、学内で先生にお会いできるチャンスはあまりないかも知れません。お忙しい先生を、こんなことに巻き込んでしまって、まことに申し訳ないと思っております。ただ、人間の生死がかかっていることに免じて許していただき、どうぞ今後とも、よろしくお願い申し上げます。

朝永の予想通り、荻窪署の刑事が私の研究室を訪ねてきたのは、私が朝永のメールを受け取った二日後だった。私はとりあえず朝永のメールに対する返信だけはしておいた。ただし、主として、朝永の心痛に対するお見舞いの言葉を伝えただけで、意見やアドバイスの類いは、一切書いていない。

その間《かん》、南荻窪の二世帯住宅で家族三人が行方不明になった事件は、新聞やテレビでかなり大きく報じられ、荻窪署にはすでに捜査本部が立ち上がっていた。従って、朝永が私に伝えたことは、少なくとも狂言ではないことが実証されたことになった。

私を研究室に訪ねてきたのは、荻窪署の笠井《かさい》という刑事である。四十代前半くらいだろうか。眼鏡は掛けておらず、精悍《せいかん》な顔つきの、いかにもやり手という雰囲気の男だ。だが、きちんと礼儀をわきまえた人物に見えた。

私たちは応接セットのソファーに対座して、すでに一時間近く話していた。私たちの前のテーブルには、私のノートパソコンが置かれ、私は朝永が私に送ってきたメールを、笠井に直接見せていた。

「では、先生はこのメールに対して、初めから何か不審なものをお感じになっていたということでしょうか？」

笠井の問いに、私は一瞬、黙り込んだ。的外《まとはず》れな質問ではない。だが、即答するのは憚られた。それはやはり、学部は違うとは言え、朝永が同じ無双大学の同僚であるという意識が働いているからだろう。

「不審と言うほどではありませんが、何故、こんな切羽詰まった情況で、こんな長文のメールを出したのか、不思議に思ったことは確かです。奥さんやご両親の生死に関わる緊急事態にしては、落ち着き過ぎている。私なら、多分、電話を掛けるでしょうね」

「なるほど。でも、それだけですか？」

笠井の鋭い目は、他にも理由があるでしょと問いかけているように見える。

「それと、『要求があれば、このメールを直接見せても構いません』という文言は、やはり言わずもがなだな。『構いません』と書いてあるけど、これはずばり言えば、

『見せてくれ』という要求でしょ。電話ではなく、メールにしているのは、やはり客観的な証拠として残したかったからじゃないですか。電話じゃ、私が会話を録音する可能性はほとんどありませんからね」

「つまり、朝永さんはあなたが彼から聞いた話を、客観的な視点から警察に話してくれることを期待していたということでしょうか？　だとしたら、その動機はなんなんでしょうか？」

「その前に、私がまずお断りしておきたいことは、私と彼はそもそもそんな相談を持ち掛けられるほど親しい間柄ではなかったということなんです。いや、親しいとか、親しくないとか言えるような関係でさえなく、ほとんど知らない者同士だったと言ったほうがいいのかも知れない。それなのに、彼のほうから、荻窪駅の改札外でいきなり声を掛けてきたのです。いくら、同じ大学の同僚だと言っても、これは異例なことです」

「しかし、その点は朝永さん本人にも確かめていますが、先生が有名なミステリー作家で、日頃学内でも姿を見ていたので、思わず声を掛けてしまったと言っているのですが」

「いや、私はたいして有名じゃありませんよ。ただ、百歩譲って、私の名が多少知られていたとしても、大学教員がそういう形で声を掛けてくることは、きわめて希だと言わざるを得ないでしょう。みんな一国一城の主《あるじ》ですから、小説家を、特にエンタメ系のミステリー作家など馬鹿にしている教員もいて、いわゆるミーハー丸出しで、サインをして欲しいと言ってくることなど、あんまり考えられないんです。実際、朝永さんも、当然知的で、そんな雰囲気の人ではない。それにも拘わらず、そういう行動に出たということは、そうせざるを得ない別の理由があったからではないでしょうか。言葉を変えれば、彼が荻窪駅の改札外で私に声を掛けたとき、事件はすでに始まっていた」

「事件はすでに始まっていた？」

笠井は私の言葉を反復し、やや体を前傾させた。顕著な反応だ。

「ということは、彼の奥さんと両親はその時点ですでに行方不明になっていたということですか？」

私は、この問いには沈黙で答えた。まだ、断言できる確信はなかった。

「ところで、姿をくらましている柿本という庭師については、何か分かったのでしょうか」

私は不意に、話題を転換した。笠井はその話題の転換自体に意味を認めたように、大きくうなずいた。

「それが鋭意捜査中なのですが、今のところ、あんまり芳しい成果は上がってきていません。朝永さんの話では、駐車場の白のワゴン車がなくなっており、朝永さんの父親が書斎の引き出しに入れてあった車のキーもなくなっているそうです。柿本は普段、朝永邸まで自転車で来ていたそうですが、車の運転もできると言っていたので、朝永さんとしては、やはり柿本が車を奪ったと考えているようです。まあ、身内としてはあまり想像したくないことでしょうが、奥さんと両親を殺害した柿本がその車で死体を運んで遺棄したと考えることも可能でしょう」

「その車はまだ発見に至ってはいないのですね？」

私は、冷静に念を押した。

「ええ。しかし、警視庁管内だけでなく、各道府県警にも発見を依頼していますから、見つかるのは時間の問題でしょう。ただ、車についても少し気になることがありましてね。これは朝永家の西隣に住む主婦が証言しているのですが、朝永家のワゴン車を、この行方不明事件が報道される六日くらい前から見ていないと言っているんです。朝永さんの証言では、そのワゴン車が消えているのに気づいたのは、まさに奥さんと両親が行方不明になった日なのですが、この点では話が大きく食い違っているんです。朝まあ、車を身近に見ていた朝永さんのほうが正しいと考えるのが普通でしょうが」

「しかし、柿本がそのワゴン車に乗り込む所を見たとか、あるいは運転しているところを見たという目撃情報もないんですよね」

「ええ、それはありません。ただ、朝永さんの家に行ってみれば分かりますが、そこは閑静な住宅街というのを通り過ぎて、恐ろしく孤立した場所なんです。周りが比較的大きな家が多いということもありますが、朝永さんの家は、一番東寄りの奥まった位置にあり、向かいには家もなく、隣と言えるのは、ワゴン車に関する証言をしている西隣の主婦の家だけなんです。この主婦も、前の庭師は何度か見たことがあると言っていますが、柿本に変わってからは一度もその姿を見たことがないそうです。ただ、そうであってもおかしくない環境なんです。朝永さんの家は高い壁に囲まれている上に、広い庭には、鬱蒼《うっそう》とした樹木が生い茂っていますから、昼間でも薄暗く、隣に住んでいても、外からでは中の様子は分からないでしょうね」

「要するに、いかにも犯罪者にねらわれそうな、いや、犯罪者から見れば、理想的な犯罪環境と言えるような現場ということですね」

私は言いながら、気味の悪い冷気が立ち上るように思える、行ったことがない朝永の家の暗い陰影を思い描いた。その陰影に、狐目の、濁った視線の男を重ね合わせた。

このとき、私と笠井の視線が微妙に交錯した。腹の探り合いというよりは、互いが同じ方向に向かって思考を展開させている確認のようにも見えた。

「ともかく、その西隣の主婦は、三人が行方不明になる六日くらい前から、そのワゴン車を見ていないと言っているのですね。それはちょうど朝永さんが荻窪駅改札外で、私に初めて声を掛けてきた頃ですよね」

私はもう一度、話を戻すように言った。笠井は返事をしなかった。数秒間の沈黙のあと、笠井が意を決したように訊いた。

「先生は、この事件について、どんな見立てをお持ちですか?」

「私の見立て? とんでもない! 推理作家風情の机上の空論など、プロの刑事さんにお聞かせするようなものはありませんよ」

私は笑いながら言った。しかし、笠井は笑うことなく、真剣な表情で言葉を繋いだ。

「いや、ぜひお聞かせください。先生が朝永さんともともとは親しくなかったということは、よく分かりました。しかし、先生は少なくともここ一週間は朝永さんと親しく接しており、誰よりもその心の動きを読んでいるように思えますので」

笠井はなかなか有能な刑事のようだった。駄目な刑事の典型は、職業的プライドばかりが強く、関係者から客観的事実だけを聞き出そうとし、その意見にまったく耳を傾けようとしないタイプなのだ。だが、外部から事件に迫る刑事に対して、最初から事件の内側にいる関係者は、やはりそれなりに事件の本質を理解しているものなのである。

笠井はそれが分かっているからこそ、私から単なる情報を引き出すだけではなく、事件の見立てをも言わそうとしているように思えたのだ。

「では、アームチェアー・ディテクティブの妄想として聞いていただけますか？　実際、自分でも妄想としか思えないんです。それでもなお、この妄想から逃れることができないのが何故なのか、私自身にもよく分からないんです。ただ、朝永さんはほとんど本当のことを言っているにも拘わらず、一つだけ途方もない嘘を吐いている気がするんです」

笠井の顔が一層緊張しているように見えた。私は話し始めた。しかし、その妄想が現実であると判明することなど、私はほとんど予想していなかった。

それから三日後、事件は急転直下解決した。だが、残念ながら悲劇的な結末だった。善福寺《ぜんぷくじ》川の下流にある雑木林の中に埋められた、朝永隆三、遼子、志乃羽の死体が発見されたのである。これらの死体が発見された結果、犯人が検挙されたのではない。犯人の自白の結果、死体が発見されたのだ。

隆三と遼子は手斧のような鈍器で、額を割られ、失血死していた。志乃羽は扼殺《やくさつ》で、姦淫の痕があった。死体発見と犯人の逮捕を受けて、マスコミの騒乱はピークに達していた。

特に、どのテレビ局も朝と昼のワイドショーやニュース番組で、特集を組み、凄惨な事件の詳細を伝えていた。無双大学は、女子トイレ殺人未遂事件に続いて、またもや、有り難くない話題をマスコミに提供していたのである。

しかし、幸いなことに私に関する報道は皆無だった。もちろん、私を巻きこまないようにする笠井ら警察の配慮もあるのだろう。しかし、それだけではない。私は、実際問題として、推理以外の何もしなかったのだ。そして、偶然、私の推理は当たっていたに過ぎなかった。

いや、その言い方も正確ではないのかも知れない。誰であっても、私の立場にあれば、そういう推理が可能だったのであり、それはまさしく当たって当然の推理だったのだ。つまり、犯人の行為は一見合理的に見えながら、根本的なところで、行き当たりばったりで、私に言わせれば、最初からその計画は破綻《はたん》していたのである。

翌週の水曜日、私はゼミの授業を行っていた。事件の報道がそろそろ下火になってきた頃である。もちろん、私は授業でそんなことに触れることはなかったし、ゼミ生の誰もが私がこの事件解決に多少とも関与したことを知らない。

その日の課題図書は三島由紀夫《みしまゆきお》の『獣の戯れ』だった。私はそのとき、その小説に影を落としている能の影響に触れていた。

「優子《ゆうこ》は丸顔で、大まかな花やかな顔立ちのわりに、唇だけが薄い。化粧一つでどんな苦悩をも包み隠してしまうことができそうだが、暑さに喘《あえ》いでいる口もとが、何かひっそりと、見えない苦悩の焔《ほのお》を吐いているような感じがする――」

原文の一部をまず読み上げたあと、私は解説を始めた。

「丸顔、大まかな花やかな顔立ち、薄い唇。こういう優子の顔の描写は、明らかに能面を意識しているね。小説の構成の仕方も、転倒した複式《ふくしき》夢幻能《むげんのう》の形式になっているのが分かりますか？　最後に現れる民俗学の研究者『私』は本筋のストーリーとは何の関係もない客観的な第三者ですね。だから、これは能に置き換えれば、ワキが演じる旅の僧侶なんだ。こういう旅の僧侶は、複式夢幻能では前場《まえば》の最初から現れるのが普通ですが、三島はそれをひっくり返して、わざと最後に登場させている。ワキは面《おもて》を着けていない。これは面を着けているシテと区別するためでもあるけど、ワキがシテの体験するストーリーとは何の関係もない話の聞き手に過ぎないことを示しているとも言える」

『獣の戯れ』は、三島作品の中でも、特に私の好みの作品だった。銀座で高級陶器店を経営しながら、「高踏的《こうとう》な評論《こうじ》」も書いている草門逸平《くさかどいっぺい》と妻の優子、それに逸平の店のアルバイト学生であった幸二との、異様な三角関係を描いた作品である。夫の浮気に悩む優子に同情した幸二は、ある日スパナで逸平の頭をぶちのめし、傷害罪に問われて服役する。

出所後、優子は幸二を引き取り、重い障害者となった夫とともに共同生活を始める。やがて、優子と幸二は共謀して、夫を絞殺するも、嘱託《しょくたく》殺人であったことを主張する。

しかし、その主張は受け入れられず、幸二は死刑となり、優子は無期懲役で服役する。

「ところで、この作品で一番不可解にも思えるのは、終章で突然登場する『私』が栃木刑務所で服役中の優子に面会する場面じゃないのかな。『私』は並び立つ逸平、優子、幸二の墓の写真を届ける言わば、メッセンジャーとして面会に行くわけだけど、これら三つの墓は、優子と懇意にしていた寺の和尚が、事件後、地元民の反対を押し切って、優子の意を汲んで建てたものだったと説明されている。ここで注目すべきことは、『私』がこの面会で初めて会うことになる優子はまったく美しく描かれていないことなんだ」

私は再び、原文からいくつかの文を拾い読みした。

「――紅をつけない薄い唇は――それが顔立ちを卑しく見せている――体のそこかしこも放漫に肥り、半袖からあらわれた腕は、いかにも鈍重な感じがした。まず、私に来た印象は、この女がもう決定的に若くないということであった」

私は文庫本の原文から目を離した。それから、ゼミ生たちに語りかけるように言った。

「これは私たち読者にとっても、かなりショッキングな描写じゃないのか。それまで三島は、その卓越した描写力で、優子の美しさを存分に描いてきたわけだけど、最後の場面で、まるでちゃぶ台返しみたいに、突然、その醜さを言い出すのはどういうことだろうか？」

　私はここで、もう一度一呼吸置き、ゼミ生一人一人の顔を順番に見渡した。私がゼミ生の発言を求めるときの仕草だった。

「服役生活で、やつれてしまったからじゃないですか」

　安藤が答えた。愕然とした。もちろん、そんなことを言わせたいのではない。安藤は鋭い反面、発言の善し悪しには極端なむらがあって、外すときは思い切り外すのだ。

「恐ろしいリアリズムだね。他に何か考えられないのか？」

　私は皮肉な口調でさらに訊いた。すぐに希和が発言した。

「優子の顔が能面を模して描かれているとしたら、やっぱり仏教の無常観に関係があるんじゃないでしょうか。能面って、角度のアートですから、見る角度によってどうにでも見えますよね。美しく見えることもあるし、不気味に見えることもあるし、時には醜く、滑稽にさえ見えることもあるんじゃないですか。だから、先生がおっしゃるように『獣の戯れ』が複式夢幻能の形式に沿って書かれているとしたら、優子の美醜も客観的に存在しているわけではなく、人間の認識の問題に過ぎない。つまり、三島さんはそういう唯識論をこういう形で表現したかったのではないでしょうか」

　三島という過去の有名作家を「さん付け」したのは、いかにも今時の学生らしく、私は苦笑を禁じ得なかった。だが、さすがに希和はセンスがいい。御名算《ごめいさん》と言いたいかった。

　私は大きくうなずいた。しかし、何故か次の言葉が出てこなかった。希和の言葉が、志乃羽について語っている朝永の言葉を思い出させたからである。ただし、私はそのことを朝永から直接聞いたわけではなく、事件解決後、再び、私の研究室を訪ねてきた笠井から伝聞として、漏れ聞いていたに過ぎなかった。


「それにしても、柿本が架空の人物であることをよく見抜きましたね」

　研究室のソファーに腰を下ろすと、笠井は開口一番こう言った。

「それは捜査本部だって、当然予想していたことじゃないですか？」

「とんでもない！」

　笠井は言下に、私の推測を否定した。

「確かに、朝永に対する疑惑は最初からありました。何しろ、同じ屋根の下に住む彼以外の家族が全員行方不明になっているのですからね。彼が疑われるのは、ある意味では当然でしょ。しかし、柿本が架空の人物であると考えていた捜査員など皆無で、せいぜい朝永がたまたま庭師として出入りしていた柿本に罪を押しつけようとしている可能性を考えていた捜査員が一部にいただけでしょう。それどころか、大半の捜査員は、やはり朝永の証言通り、柿本が本線と考えており、必死で柿本の足取りを追っていたのです。ところが、いくら捜査しても、彼の実在さえ確認できない。何しろ、朝永は柿本の携帯番号も、住所も知らないというのですからね。近所の人々に聞き込んでも、西隣の主婦と同様、一年以上前に出入りしていた高齢の庭師のことを覚えている者はいるのですが、その庭師はすでに引退していて、風体《ふうてい》から言っても、柿本とは似ても似つかない。もちろん、我々も裏を取っていて、ある捜査員がこの高齢の庭師にも会っているのですが、本当に実直でまじめな印象の人物で、朝永が描写する柿本の狡猾さとはかけ離れているという報告を受けていました。確かに、朝永邸に出入りしている御用聞きや業者の誰一人、柿本を見ていないというのも、おかしいと言えばおかしいのですが、柿本がまったくの架空の人物というのは、あまりにも大きな嘘なので、かえって気づきにくい点はあったと思います。実際、先生が私におしゃった『柿本は架空の人物ではないのか』という説を聞かない限り、それは我々にはとても思いつかない推測だったのです」

ただ、私は、捜査本部の大勢はそうだったとしても、前回の笠井の様子からして、彼自身はその可能性をある程度視野に入れていたような気がした。だが、私はそれを口には出さなかった。

「そうだとすれば、私がそれを見抜ける有利な環境にたまたまいたに過ぎないということでしょうね」

「と、おっしゃいますと？」

「実は、私が朝永さんに不審を抱き始めたのは、例のメールが私に送られてきたときより、前のことだったのです。初めて、私の研究室にやってきた彼は『ビザール』という私の単行本にサインを求めてきました。その際、彼は自分の名前だけでなく、妻の名前と、さらに日付まで書くように私に頼んだのです。もちろん、私の知人に頼まれてサインをするとき、そういうことを要求されることはたまにあります。ただ、そのあと彼はすぐにまだ知り合ったばかりの私に、いきなり家庭内の悩みを打ち明けましたので、何かピンと来るものがあったのです。わざわざ志乃羽という妻の名前を入れさせることによって、彼女がその時点ではまだ生きているという印象を私に与えたかったのではないでしょうか。いや、もう少し正確に言えば、おそらく、彼が私と荻窪駅改札外で会った日より前に、妻を殺害していたのでしょうが、その殺害時期をもう少し後ろにずらしたかった。だから、そのサイン本にわざわざ日付まで入れさせたんでしょ」

「ええ、その当たりは、朝永の自白ともぴったりと一致しています。やはり、彼は先生の姿を同じ荻窪駅で何度か見かけたことがあったため、先生が荻窪にお住まいなのは知っていたようでした。従って、その日の夜、大学のキャンパスから先生を尾行して、先生が学生さんたちと飲んだあと、荻窪駅で降りたとき、偶然を装って声を掛けたと供述しています。この時点で、すでに柿本という架空の庭師をでっち上げ、その実在を証明する客観的な証言者に、先生を仕立てることも考えていたと言っています。彼は、その前日から夜中に掛けて、妻と両親を殺害したとすでに自白しています」

「しかし、朝永さんのやり方はあまりにも性急に過ぎた。元々せっかちな性格なのか、それとも妻と両親を殺害してしまって、それだけ動揺して、焦っていたのかは分かりませんがね。翌日、すぐに私の研究室にやってきて、私のサインを求めた直後に、あのとんでもない告白ですよ。そのあと、さらに底意が剝き出しになったあの露骨なメールでしょ。その流れを当事者である私が不自然に思ったのは、当然でしょ」

「いや、そうとも言えないでしょ。もちろん、今から考えれば、そういう見方もできるでしょうが、何しろ、柿本という架空の人物をでっち上げ、それを大学教授でもあり、推理作家でもある先生、つまり社会的にも信用のある人物に客観的に証言させようという発想自体が特異ですからね。渦中にいれば、かえって気づかないのが普通だと思いますよ」

笠井が善意で私を持ち上げようとしているのは確かだったが、やはり私にはそうは思えなかった。むしろ、もう少し冷静に見ていれば、朝永の偽装をもっと早く見抜けたようにさえ思えてくるのだ。ただ、そこは議論のしどころでもなかったので、私は話題を変えた。

「それと、やはり、奥さんが学生の頃、デリヘルに勤めたことがあると言ったとき、何故奥さんがデリヘルに勤めたのか、彼が理由をメールの中で書いていないことも引っかかりましたね。それは夫にしてみれば、自分の妻の大変な恥部ですから、当然言い訳をしたくなるでしょ。例えば、父親の会社が倒産して、学費のためにそうせざるを得なかったとか」

「ですから、先生はそのデリヘルの話もデタラメと思ったのですか？」

「いえ、そうではありません。私はデリヘルの話は本当だと思っていました。だからこそ、詳細には触れたくないのだろうと——人間、心理的に嫌な話はやはり簡略に済まそうとするものですよ」

「先生、そこもさすがですよ。朝永の供述によると、妻の志乃羽が学生時代にデリヘルに勤めたことがあるのは、確からしいんです。特に経済的事情があったわけではなく、単なる遊業費欲しさだったと朝永は言っています。動機が本当かどうかはともかく、この事実自体は、我々の捜査で裏が取れています」

「じゃあ、奥さんを殺害した動機も、やはりそういう過去が許せなかったということでしょうか？」

私がこう訊いたのは、朝永のさわやかな見かけが、ある種の異常な潔癖さに繋がっているように思われたからである。ああいう印象の人間がサイコパスだとしたら、他人のふしだらさに対して途方もない憎しみを抱くことは、あり得ないことではない。

「いや、そのあたりはもう少し複雑なんです」

笠井は、若干、言葉を濁したように思えた。しかし、そのあと、笠井は朝永が志乃羽と両親を殺害した動機と詳細について、語り始めた。

私にとって、意外だったのは、殺人の順番が私の想像とは逆だったことである。彼が最初に殺したのは、両親のほうだった。朝永がメールの中で書いた志乃羽が隆三に撮られたという写真は実在していたのだ。

だから、朝永は何の根拠もないことを書いたのではない。ただ、もちろん、柿本が発見し、それを脅しの材料に使ったというのは嘘で、朝永自身が隆三の書斎の引き出しで発見したものだった。

朝永に問い詰められて、隆三はあっさりとそういう写真を撮ったことを認めた。ただ、隠し撮りしたのではなく、合意の上だったと主張したのだ。しかも、隆三はそういう写真を撮るたびに、志乃羽にかなり高額な小遣い銭を与えていた。

志乃羽も、「私、学生時代、デリヘルでバイトもしたことがありますから、この程度のことは平気です」と隆三に言ったことを、隆三自身が朝永に伝えていた。従って、捜査本部の中には、隆三と志乃羽の間に、すでに肉体関係が成立していたと見る向きもあった。だが、隆三も志乃羽もすでに死んでいる以上、その点について真実は永遠に不明という他はなかった。

とにかく、隆三は性的には特に放縦《ほうじゅう》な男で、それまでも何人も愛人を作っては、別れることを繰り返していた。すでに還暦《かんれき》を超えていたが、性欲はまだまだ旺盛のようだった。

要するに、こと性に関しては、世間的道徳観などまるで通じない男だった。しかも、隆三はそういう写真を撮ったことを謝るどころか、それをごまかすかのように、志乃羽のデリヘル勤めの話を持ち出してきて、こう言い放ったのだ。

「まあ、今の若い子は、そう罪の意識もなく、それくらいのことはするものだよ。特に彼女が勤めていた店は、ただ性的なマッサージをするだけで、本番禁止の高級店だというから、抵抗も少なかったんじゃないか。それにもう過去のことなんだ。若い頃の、それくらいの過ちは、許してやれよ。それから、写真のことは母さんには言うんじゃないぞ」

この言葉が、朝永の殺意を決定づけた。それまでも、性的には過剰と言えるほどに潔癖だった朝永の心の奥底では、下品で、遠慮を知らぬ、父親の性欲に対する憤怒と嫉妬が、マグマのように沸き立っていたのだ。

その夜、彼は庭の納屋から手斧を持ち出してきて、寝室で隆三を撲殺した。止めに入った母の遼子も巻き添えで殺すことになった。しかし、朝永は、リウマチの重篤化《じゅうとくか》を口実に、夫の性的暴走を止めようとしなかった、あるいはそういうことに対してまったく無関心だった母にも応分の責任があり、殺すこともやむを得なかったと供述しているという。

そのあと、朝永が志乃羽を殺害するのは、必然的な流れだった。夜中に一階で両親を殺害し、明け方に二階の寝室に戻った朝永は、寝室で眠る志乃羽を姦淫した上で、扼殺した。念のため、コンドームを着用して、姦淫に及んだという。

柿本が強姦したあと、殺害したように見せかけるためだ。死体はなるべく発見が遅れる所に、両親と共に遺棄するつもりだったが、コンドームを使用したのは、予想より早く発見されたときに体液を調べられることを恐れたのである。

「志乃羽の殺害については、朝永は興味深いことを言っています」

一通りのことを喋り終えたあとで、笠井は総括するように言った。

「朝永は志乃羽とは恋愛結婚で、交際期間も含めると、三年間くらいの付き合いだけど、志乃羽の容姿がそのときどきで、美しくも、卑しくも見えたことは、今から思うと暗示的だったと言っているんです。志乃羽は清楚な印象で、近所でも美人の若奥様として通っていたようですが、朝永は自分の妻の容姿に何か得たいの知れない影のようなものを感じていたんでしょうかね。そして、それは妻の若い頃のそういうアルバイトと無関係ではなかったということでしょうか。志乃羽を殺したあと、その死顔を見たとき、朝永は志乃羽の顔がまったく知らない卑しい顔の女に見えたことに驚いたとも供述しているんです」

「いや、人間の顔なんて、その時々でいろいろに見えるものですよ」

笠井の言ったことは、私に『獣の戯れ』の優子を思い起こさせた。ただ、私はそれ以上の説明を加えなかったから、笠井は怪訝な表情だった。唯識論。そんな仏教哲学を日常会話で語るほど、私は野暮な人間ではない。

「結局、朝永の車は、奥多摩の車のスクラップ工場に廃棄されているのが、発見されましたが、その内部を調べたら、殺害された三人の血痕がしっかりと残されていて、拭き取った痕さえないんです。殺人後、父親の会社に勤める人々にも、何らかの言い訳工作をした形跡もない。もっとも社員は、二十人そこそこの会社で、社長の隆三は、単独行動が多く、二、三日、顔を出さないことなどざらにあったから、社員もあまり気にしていなかった。朝永が警察に三人の行方不明を届けたあとで、ようやく社員の一人から問い合わせがあり、会社側も社長の行方不明を知ったらしい。これもそうなることを計算していたわけでもなく、行きがかり上、そうなっただけでしょ。父親の会社に対する対応など、朝永の頭からは、完全に抜け落ちていた。そういう意味では、確かに杜撰《ずさん》な犯行で、柿本という架空の庭師を先生の頭に刷り込もうとした卓抜な発想と比べると、その稚拙さはいかにもアンバランスなんですよ。精神医学者に言わせると、そういうアンバランスこそがまさにサイコパスの特徴らしいんですが、やはり、朝永はサイコパスなんでしょうかね」

私は、笠井の声を遠くに聞いていた。朝永がサイコパスなのか、どうかは分からない。ただ、さわやかな学生のような朝永の第一印象だけが、私の記憶に留まっていた。

私に言えることは、すべてがデジタル化されて行く超現代においては、正常と狂気の色域は、常に無機質な犯罪事実でしか示されないということだろう。だからこそ、朝永のように、一見、普通に見える人間の狂気はひたすらビザールでしかないのだ。

第5講座
愛と殺人の公開ディスカッション

◎課題図書
樋口一葉『たけくらべ』
◎検索キーワード
表示義と共示義

大学の世界も変わったものだ。二十年以上も前のことだが、私が学生の頃、教員に対する授業改善アンケートなるものは、そもそも存在しなかった。教員と学生の力関係は、どう考えても、教員側のほうが圧倒的に上だった。実際、やりたい放題の教授も少なからずいた。

授業には二十分も遅れてきて、しかも二十分前にやめてしまう。休講が多く、中には年間で決められた授業日数の半分ほどしか消化しない教授もいた。そういう教授に限って、マスコミ的には有名人で、テレビのワイドショーには欠かさず「出席」して、天下国家を論じ、正論を述べていたのだ。

だが、今、そんな教授がいれば、授業改善アンケートでぼろくそに書かれてしまう。「授業改善アンケート」とはよく言ったものだ。「自由記述欄」を見ると、担当教員に対する悪口大会さながらの様相を呈していることさえある。

人間とは弱いもので、立場が変われば、感じ方もまるで変わってしまう。学生の頃、教授のいい加減な態度に腹を立てていた私は、今では逆に学生のひどい態度に怒り心頭に発するのを通り過ぎて、あきれかえる始末だ。

大教室の授業では、出入り自由とばかりに、遅れて入ってくる学生と授業途中でさっさと帰ってしまう学生が教室内で交錯する。中には、遅れて入ってきた上に、一番前列のテーブルに置かれている講義資料だけをひっつかみ、講義する私の目の前で、授業に残る友人の学生たちに「じゃあねえ」と笑顔のＶサインを送り、堂々と帰って行く豪快かつ下品きわまる女子学生もいる。

だが、私の勤める無双大学はそこそこに偏差値の高い私大として知られているのだから、これはどうやら知力の問題ではなく、躾《しつけ》の問題であるようだ。他の大学に勤める大学院時代の友人たちに聞いても、状況はどこの大学でも似たり寄ったりらしい。どうやら、今や学生は、教員たちがたゆまぬサービスを一方的に捧げるべき大切な顧客と化しているようである。教員を評価する「自由記述欄」を含む念の入った授業改善アンケートは存在するのに、教員は学生に対して、単に記号で表記される無機質な成績をつけるだけで、そういう態度の悪い学生を批判する言論の場は与えられていない。それこそまさしく、現代における、教員と学生の不均衡な力関係の象徴であるようにさえ思われるのだった。

夏休みが終わり、秋学期が始まろうとしていた。春学期の授業の再現を予想して憂鬱な気分になっていた私は、同じ学部の教授をしている秋山秀一郎《あきやましゅういちろう》から思わぬ申し込みを受けた。

どの授業でもいいから、私の授業を見学させて欲しいというのだ。これは秋山が実際にそう希望しているためではなく、三年前から始まった授業相互参観システムのせいだった。

どの学部であれ、専任教員は三年に一度、他の教員の授業を見学し、報告書を書くことが義務づけられるようになったのだ。秋山は私の所属する国文学科ではなく、心理学科に所属する教授である。

だが、参観対象の授業は、自分の所属する学科に限られているわけではなく、同じ文学部内であれば、どの授業でも構わないことになっている。従って、秋山は比較的親しい関係にある私に頼んできたのだろう。

しかし、私から見ると秋山は同僚というより、大先輩の教授だった。現在、六十九歳で来年に定年を控えているのだ。親しいと言っても、月に一度開かれる教授会のときに、隣に座ることが多く、そのとき、雑談を交わす程度の関係だった。

従って、私も秋山のことをそれほどよく知っているわけではない。ただ、秋山は大変腰が低く、人柄の良い教授として有名で、私もつまらぬ見栄とは無縁に見える、その素朴な人柄を大いに気に入っていた。

「いや、こんなお願いをするのは、申し訳ないのですが、昨日、学部長に呼び出され、お灸《きゅう》を据えられてしまいましてね。三年間で、他の先生の授業を参観していないのは、私だけで、これは明らかにFDの精神に反するんだそうです」

FDとは、faculty development《教職員能力開発》を意味する略語だった。要するに、個々の教職員の能力を高めるために、どんな努力が必要であるかを積極的に議論し、それを具体的に実践すべきという標語みたいなものなのだろう。もっとも、そういう私も、この言葉の正確な意味を本当に分かっているわけではなかった。

だが、とにかく、FDが大学における教育改革のキャッチフレーズの一つになっていて、その結果、教員間における授業の相互参観というくだらない制度ができたのだ。昔なら、教授の学問的能力だけが問題で、学生にとっての授業の分かりやすさなどどうでも良かったのだが、今はそういう時代ではないのだ。くだらないと思いつつも、私は長いものには平気で巻かれる質《たち》だから、この制度ができて間もない頃、さっさと他人の授業の参観は済ませていた。

面倒な報告文も参観授業を徹底的に褒《ほ》めあげ、自分の普段の授業に大いに役に立ったと書いておけばいいのだ。我ながら、クサすぎる報告文だったが、一度やっておけば、あと三年間はする必要がないのだから、どうってことはない。

だが、正直で世間ズレしていない秋山は、どうしていいか分からず、そのまま放置していたのだろう。学部長も学部長だと思った。

来年定年を迎える教授に、馬鹿正直にそんなことを無理矢理させることはない。見て見ぬ振りをしておけば、人柄の良い秋山を誰も非難するはずがないのだ。

いや、正直に言うと、秋山の人柄の好さは誰もが認めることだったが、同時にかなり軽んじられた存在であることも事実だった。秋山の学問的業績のなさも、教授会内部では、その人柄の好さと同じくらい有名だったのだ。従って、秋山のことなど、誰も気にしていないというのが本当のところだった。

大学教員の評価は、「業績」と呼ばれる著書と論文の質と数で決まるのが、伝統的なしきたりだった。秋山には、その「業績」が質量共に飛び抜けて不足していたのだ。

そういうことは研究室が同じ人間にはすぐに知られてしまうが、専門領域の違う私のような人間にとって、心理学関係の業績など分かるはずがない。だから、最初はそんなことはまったく知らなかった。

しかし五年前、図らずも、その事実が教授会メンバー全員に暴露されることになったのだ。秋山が准教授から、教授になる昇格人事が大荒れになったのである。

そのとき、秋山はそもそも六十五歳だったのだから、あまりにも遅い教授への昇格だった。講座制を敷くごく一部の旧帝大系国立大学や医学部を除けば、教授への昇格は世間が考えているよりずっと早く、特に無双大学のような私立大学の場合、三十代の後半で教授になることも珍しいことではない。平均的には、四十を少し越えたくらいで、教授に昇格するのが普通だろう。

しかし、秋山の場合、あまりにも業績が乏しいために、心理学科が教授会になかなか推薦できないでいたのだ。秋山は妻と離婚していて現在は独身だが、一説によると、その離婚理由というのが、プライドの強い妻が教授に昇格しない夫に愛想を尽かし、二人の子供を連れて出て行ってしまったというものだった。

ただ、心理学科としても、いつまでも秋山のような年長者を准教授のままに留め置くのも、外聞が悪いと思ったのだろう。あるいは、人柄の好い秋山に対して、一部の心理学科の教員が同情したということもあるらしい。何しろ、無双大学では、教授と准教授では給料体系も変わるのだ。

そういう流れの中で、心理学科は審査の上、秋山の教授への昇格を認め、それを教授会の審議事項に上げてきたのである。こういう場合、業績そのものの具体的な審査は、学科長を中心とする心理学研究室の一部の教員が行っているので、教授会はまったくの形式審査で済むのが普通だった。

つまり、心理学科の学科長が推薦演説を行い、あとは投票が行われ、三分の二が賛成すれば、めでたく昇格が決定されるのだ。そして、私が無双大学に就職して以来、そうならなかったケースなどほとんど見たことがなかった。

しかし、秋山の場合、向山《むこうやま》という五十代の、心理学科の教授が、予想外に辛辣な質問をしたため、事態は紛糾した。向山は、学問的業績にも優れ、対外的にも有名な教授だった。

学究的な著作も多数あるが、一般向けの新書ものも書いており、たまにテレビのニュース番組などで、コメンテーターとして発言することもあった。いわば、心理学科の看板教授だったと言っていい。その向山が、嫌みたっぷりに質問したのだ。

「秋山先生が准教授時代にお書きになった論文のタイトルと内容、そしてどういう点でそれを心理学科が評価なさったのかを、もう少し具体的に教えていただけないでしょうか? 私の勉強不足だとしたら申し訳ないのですが、秋山先生にそういう業績があったことを存じ上げなかったものですから」

教授会の開かれていた会議室は、静まりかえった。向山の言っていることは、その遠回しの言葉遣いとは裏腹に、あまりにもあからさまな意味を伝えていたからだろう。

しかし、向山は普段は、常識の発達した、理性的な人物だったので、私は今でも向山が何故こんなことを突然言い出したのか、よく分からない。あるいは、特に底意もなく、ただ学問的良心に照らして、こんな発言をしたとも考えられるのだ。

業績審査の対象は准教授時代の著作や論文だが、秋山は万年准教授の立場にあったので、その期間は三十年以上に上る。ところが、その恐ろしく長い期間に彼が書いた著作物として、心理学科が教授会に紹介したものは、紀要《きよう》論文一つと、一般教養科目用の教科書として書かれた共同執筆の本だけだったのだ。

柴田《しばた》という学科長は当惑の表情を浮かべ、すでに述べたことをもう一度繰り返した。

柴田は温厚な人柄だったので、あえて詳しく説明するのは避けたようだった。詳しく説明すれば、秋山の業績のなさがますます明らかになったことだろう。

しかし、向山は柴田の説明に納得せず、さらにコメントを加えた。

「レフリーのいない紀要論文は、普通は業績とは言えませんよね。教科書となっている本の執筆もいわゆる学問的業績であるか大いに疑問ですし、その上、秋山先生がお書きになっている部分は、十八人の共同執筆者の内の一人分に過ぎず、それもページで言えば、五ページにも満たないものです。こういうものを学問的業績として認めるのは、我々の教授会の権威にも関わることで、いかがなものかと思うのは、私だけでしょうか?」

勉強不足と言いながら、向山が秋山の業績内容をよく調べているのは明らかだった。確かに、紀要論文というのは、学部機関誌だから専任教員なら誰でも書くことができ、その掲載の可否を質的に判定する審査委員（レフリー）もいないのだ。教科書の執筆が業績とは言えないという主張も、普通によく言われることで、向山の特殊な意見というわけではない。

「もちろん、ご本人がいないから言うわけではありませんが、秋山先生が人格的に大変立派な先生であることは、私も存じ上げています。しかし、それだけを理由にこういう昇格人事を認めることは、ご本人のためにもならないと思うのです」

事態は、向山の独演会のような様相を帯び始めた。こういう昇格審査の場合、当該教員は席を外すのが慣例だったから、秋山は会議室の外に出ていて、審議の内容は分からないようになっている。

向山は、このあとさらに、論文の内容そのものに関連する、より直接的な批判を展開したが、誰も反応する者はなかった。向山の言うことは正論なのだろうが、こういう人事の場合、多少とも人情論が絡むのはやむを得ないのだ。

他の教員たちの沈黙の意味は、ほとんど誰もが共通に理解していたと言うべきだろう。結局、司会を勤める、乃木坂《のぎざか》という英米文学科に所属する学部長が締めくくるように言った。

「まあ、向山先生のご発言は、ご意見として受け承ったということで、よろしいんじゃないでしょうか」

このあと、乃木坂はやや唐突に投票に移った。私は、もちろん、賛成票を入れたが、投票の内訳は公表されないのがルールだったので、秋山の昇格人事がどれだけきわどかったのか、そのときは分からなかった。ただ、向山の辛辣な大演説が反感を呼び、同情票を増やした側面もあり、秋山の教授への昇格は、ともかくも認められたのだ。

しかし、噂話としては、後日、秋山はかろうじて一票差で昇格できたという話が伝わってきた。おそらく、開票を行った教員の誰かが漏らしたのだろう。

だから、それは単なる噂話というのではなく、限りなく事実に近い、客観的な情報と言ってよかった。「一票差の教授」その結果、これが後に影で囁かれる、秋山の代名詞になったのだ。

「さて、今日は樋口一葉《ひぐちいちよう》の『たけくらべ』のディスカッションだったね。その前に、本日は心理学科の秋山先生が見学に見えているので、皆さんに紹介します」

秋山はL字型テーブルの隅の席、つまり前扉に一番近い位置に座っていた。持参した黒い鞄をテーブルの上に置いている。その真横に座っているのは、篠田希和だ。私の言葉に秋山は立ち上がり、深々と頭を下げた。

いかにも秋山らしい律儀な態度だった。大教室の授業なら、学生たちもたいして気にしないから、何もわざわざ秋山を学生に紹介する必要はなかっただろう。ただ、ゼミの授業はリーガルタワー十四階の小教室で行われていて、たった六人の学生の中に、秋山のような高齢な教授が混ざっているのだから、紹介せざるを得ないのだ。

「失礼ながら、『たけくらべ』の日本語は、君たちには少し難しいだろうね。疑うわけじゃないけど、本当にちゃんと原文で読んだんだろうね。読んでいない人がいたら、今のうちに白状しなさいよ」

授業に入ると、私は笑いながらまずこう言った。実際、『たけくらべ』の難解な擬《ぎ》古文《こぶん》は学部学生にとっては、かなりハードルが高いはずなのだ。

私の発言に、恐る恐る手を挙げたのは、三年生の紺野香奈だった。

「あの――先生、読んだことは読んだんですけど、言葉が難しすぎて、ストーリー的にもよく分からないところもあったものですから、三百円入館料を払って、台東区《たいとう》の『一葉記念館』に行って、アニメの『たけくらべ』を見てしまいました」

学生たちがどっと笑った。別に特に笑いどころでもないはずだが、きまじめな香奈が言うと何となくおかしいのだ。

香奈にしてみれば、冗談のつもりでもなかったのだろう。ただ、香奈のしゃべり方の特徴は、そのきまじめな性格のせいか、何事も正確に言い過ぎることなのだ。三百円と台東区は、確かに余計と言えば、余計だった。

「いや、紺野さん、それはとてもいいことをしたよ。少なくとも、それによって君は台東区に三百円の財政的貢献をしたことになるんだ」

その具体的に過ぎる香奈の言葉の癖を衝いた冗談のつもりだったが、私の発言は明らかに滑っていた。学生は、誰一人クスリともしない。ただ、場違いなほど大きな男の笑い声が響き渡った。秋山がただ一人、破顔一笑《はがんいっしょう》していたのだ。

私はかえって焦った。私のジョークはいつも通り、冷たい沈黙によって無視されたほうがましだと思ったくらいだ。

「どうやら、私のジョークは秋山先生にしか受けなかったようですね」

私は苦笑しながら、秋山のほうを見て言った。

「いや、失礼しました。しかし、あのアニメは実によくできているんですよ。私も『たけくらべ』のファンでしてね。『一葉記念館』には何度も行って、あのアニメをいつも見ているんです。アニメと雖《いえど》も、感動するんですよ」

秋山のような世代の人間が「一葉記念館」のことを知っているのは当然だったが、アニメに対する高い評価には驚きを禁じ得なかった。純文学作品までアニメ化してしまうことに、不満を唱えるのが、高齢の大学教授の通例なのだ。

「そうだったんですか？　でしたら、今日のディスカッションには、先生にもぜひご参加いただいて、貴重なご意見を伺いたいですね」

別に皮肉を言ったのではなく、半ば本気で言ったのだ。直感だが、秋山のようなタイプの教授は、その学問的業績は別にして、かなり高い文学的感性を持ち合わせているような気がしていた。アカデミックな能力と、文学的感性が必ずしも比例するものではないことは、国文学科にいる私の同僚たちによって、嫌と言うほど思い知らされていた。

「とんでもありません。私の意見など取るに足りません。本日は、皆さんの御意見を拝聴するだけです」

秋山は元のきまじめな表情に戻って、謙虚に言った。最初のうちは水を打ったように静まりかえっていた学生たちも、秋山がアニメを賞賛したことに気をよくしたのか、その顔にはリラックスした笑みが浮かんでいる。

ディスカッションに入ると、その日も議論の口火を切ったのは、安藤謙介だった。安藤は三年生の頃はゼミ長だったが、四年生になって、ゼミ長はすでに水野絵美《みずのえみ》という三年生に譲っていた。

「この作品のクライマックスは、やはり大黒屋《だいこくや》の格子戸に水仙《すいせん》の作り花がさし入れてあったことだと思うんです。問題は、これを置いたのが、本当に信如《しんにょ》だったのかということですよね。この議論がすべてじゃないかと僕は思うんだ」

妙に気色ばんだ言い方だった。私は渋い表情だったに違いない。

もう少し周縁的な議論から入って徐々に盛り上げていくつもりだったのに、いきなりこんなクライマックスを持ち出されては、話は一気に終わってしまう。私もその日、秋山というゲスト見学者がいるのを多少とも意識していて、まともな授業をしているところを見せたいという見栄が働いていたのかも知れない。

『たけくらべ』は、遊郭《ゆうかく》という売春地帯を背景にしていながら、実は究極の純愛小説で、主人公の美登利と信如の間には、肉体関係どころか、ほとんど会話らしい会話さえないのである。森鷗外《もりおうがい》が『たけくらべ』を評して「灰を撒《ま》きて花を開かする手段あるを知り得たり」と言ったのは有名だが、この評言はおそらく、売春の象徴である遊郭という俗の極みに、その大人たちの周辺で過ごす子供たちの純愛を配置した、一葉の特異な詩的な感性に対する感嘆の念を表現したものだろう。

「安藤君はどう思うの？　やっぱり、その作り花は信如が置いたものだと考えているの？」

希和がすぐに質問した。このところ、ディスカッションの出だしは、安藤と希和の掛け合いになるのが、いささかパターン化していた。二人の意見交換を一通り聞いた上で、他のゼミ生たちも次第に発言するようになるのだ。

「それは、もちろん、そうですよ。美登利と信如が本当は愛し合っていたと考えなければ、こんな話、やりきれないでしょ」

安藤は怒ったように言った。確かに、その日の安藤は少しおかしい。普段から、どこかのネジ一つが抜け落ちているような男だが、それにしても『たけくらべ』の話には、最初からひどく興奮状態なのだ。

「でも、この作品をよく読んでも、作り花について、信如が格子戸に置いたとはどこにも書いてないよ。ほとんど客観的な事実が書かれているだけ。ただ、最後の美登利の側の心象描写として、「何ゆえとなく懐《なつ》かしき思ひにて違い棚の一輪ざしに入れて淋しく清き姿をめでける」とは書いてあるけど。そして、美登利は信如がお坊さんの学校に入るために街を出て行ったという噂話を聞いたというところで、この話はおしまいになるわけでしょ。だから、私はこの作り花を置いたのが信如だとは書いていないところに、この話のキモがあると思うの。でも、美登利は心の中でそう思っている。もっと正確に言うと、思いたいと思っているの。その美登利の心情が淡々とした客観描写の中で伝わってくることが、この作品の一番優れているところだと思う」

さすがに希和はセンスがいい。希和の言ったことは、私自身が『たけくらべ』を評価するまさにポイントを衝いていた。しかし、これに対しても、安藤が妙に感情的な反論をした。

「信如が作り花を置いたと思わないことには、この物語は成立しませんよ。だって、実際、美登利に対する信如の態度はひどいものだったんでしょ。花を手折《たお》ってくれと頼まれると、折るには折るけど、まるでそれを美登利に投げつけるように渡すし、美登利が話しかけてもろくに返事もしない。それが周りの子供たちから美登利とのことを冷やかされたことによって生じた、美登利に対する過剰な意識の逆説的な表れと解釈しない限り、信如ほど嫌なヤツはいないでしょ。男と女を入れ替えて考えると、僕も美登利と同じ立場に立たされたら、思い切り傷ついちゃう。作り花を信如が置いたと思うことによって、ようやく耐えられる状況になるんですよ」

「だから、安藤君、それは読者としての感情移入と小説技法上の問題とを混同しているよ。この場合、本当に信如が置いたかどうかが問題じゃないの。そうだと思いたい、美登利の心境こそが切ないわけでしょ」

「いや、それは違う。男女の愛っていうのは、絶対的に確かな形を持っていない限り、成立しないんだ。仮に篠田さんの言う通りだとしたら、そんなあやふやな愛には、僕はとうてい耐えられないよ」

白熱した議論というより、二人の話はどこかかみ合っていないように思えた。他の学生も、二人の雰囲気がいつもと違うのを感じているのか、やや緊張した表情に変わっている。これも、秋山という見学者がいることによって生じた普段とは異なる環境のせいなのか。

「あの――、一概に愛って言うけど、『たけくらべ』には二種類の愛が描かれていると思うんです」

ここで参戦してきたのは、水野絵美だった。ゼミ長という立場上、見学者がいる授業では発言しないわけにはいかないと感じていたのかも知れない。

「表町グループの美登利と正太郎《しょうたろう》はとても仲良しですね。でも、これは愛というよりは友達同士の友情の域を出ていない感情だと思うんです。一方、信如は表町グループとは対立する横町グループに属している。実際に表町グループの中心人物である正太郎と対立しているのは、長吉《ちょうきち》であって、信如は長吉に頼まれて、横町グループに入っているに過ぎないのですが。それはともかく、この皮肉な設定には、単に子供同士の喧嘩対立という以上の、二種類の愛の対立が象徴的に描かれていると思うんです」

絵美はいかにも優等生らしく、『たけくらべ』における対立の構図をうまくまとめて見せた。この対立の結果、表町グループに寝返った三五郎《さんごろう》という子供が、正太郎のいない間に長吉たちの襲撃を受け、止めに入った美登利は、長吉から泥の付いた草履《ぞうり》を額に投げつけられるという屈辱を受けるのだ。

その際、「此方《こち》には龍華寺《りゅうげじ》の藤本《ふぢもと》がついて居《お》るぞ（信如も俺たちの見方だぞ）」という言葉を投げつけられ、美登利の屈辱感は増幅される。しかし、実際には、信如はその場にはいなかった。

その後、美登利と信如は以前にも増して口を利かなくなるが、クライマックスは、雨の中、大黒屋の前で下駄の鼻緒が切れて、困り果てる信如に気づいた美登利が布きれを投げてやる場面だ。しかし、結局、信如はそれに手を伸ばそうとせず、たまたま通りかかった長吉に助けられて、その場を立ち去ってしまう。

絵美の発言をきっかけにして、この辺りの場面についても、何人かの学生が発言して、議論はそこそこの盛り上がりを見せた。

「あの――」

議論が始まって一時間半くらいが経ったところで、香奈がおずおずと手を挙げた。

ゼミの時間は九十分授業一本分だが、教室はサブゼミという名目で、次の時間帯も確保されているのが普通であって、教員の中には三時間近く演習を行う者もいる。私は、もちろん、そんな熱心な教員ではないが、たまには九十分ではディスカッションが収まらず、一時間程度延長することもあった。

私は、香奈のほうに視線を投げ、発言を促した。

「トイレに行って、よろしいでしょうか？　先ほどから我慢の限界に達しているんです」

不意を衝かれた私は、思わず前のめりになった。希和がケタケタと笑い声を立てた。「我慢の限界」という言葉が、希和の笑いの琴線《きんせん》に触れたのだろう。他の学生は安藤も含めて、みんな黙りこくっている。

「もちろん、いいに決まってるじゃないか。じゃあ、このあたりで十分くらいトイレ休憩を入れようか。他にも、トイレに行きたい人は行ってください」

私の発言に、やや表情を曇らせる学生もいた。ここで休憩を入れるということは、ゼミの時間が長くなることを暗示しているとも言えるのだ。

香奈以外の、何人かの学生もトイレのために教室の外に出て、秋山も席を外した。

安藤も外に出たが、希和は教室内に残って、スマホを操作していた。

私も少しだけ外に出て、通路を歩き、窓際まで行って、夜の薄闇と周辺ビルの薄明かりに視線を投げた。都会の高層ビルの十四階から眺める光景は、奇妙な無機質さとうら寂しさが混交しているように見えた。

十分後の午後六時三十五分頃、授業は再開された。秋山はまだ戻っていない。ただ、私としては、秋山を待つとかえって窮屈な思いをさせるだろうと考えて、ディスカッションを始めたのだ。その後、五分くらいして、秋山が戻り、落ち着いた雰囲気になった。

しかし、そのあとのディスカッションは、前半ほどは盛り上がらなかった。私に言わせれば、学生は読書感想文の感想を述べているという感じで、『たけくらべ』についての研究書に言及する者は誰もいない。

それでは、厳密に言うと学問的議論とは言えなかったが、私もそういう学生の態度には慣れっこになっていて、特に文句を言うこともなかった。ただ、ときおり口を挟んで、その議論に関連する研究書を紹介するに留めただけである。後半、ほぼ一時間程度議論したところで、私が区切りをつけるように言った。

「そろそろ意見も出尽くした感じですが、今日はせっかく秋山先生においでいただいているのだから、先生にもご意見なり、ご感想なり、何でもいいですから、最後の締めくくりとして何か仰っていただきたいのですが」

私は遠慮がちに秋山に振った。秋山はそれまでうつむき加減だった顔を若干上げ、控えめな口調で話し始めた。

「いや、皆さんが実によく読み込んでおられるのに感服いたしました。それに比べて、私がこの作品を読んだのは大昔のことで、まことに心許《こころもと》ないので、先ほどトイレ休憩のときに研究室に戻って、書棚から大昔に買った『たけくらべ』を持ってきました」

秋山はわざわざいかにも古めかしい装幀《そうてい》の『たけくらべ』を私たちにかざして見せた。秋山の研究室は三階のはずだから、確かに行って戻ってくるには少し時間がかかる。そう言えば、秋山は前半のディスカッションは手ぶらで聞いていたが、後半は熱心に手元の本を覗き込んでいたという記憶が残っている。

「私にとって一番切ないのは、あの水仙の作り花のこともさることながら、やはり美登利と信如を隔てる残酷きわまりない環境の相異でしょうね。美登利は、大黒屋という遊郭に住んでいて、将来は姉と同じように花魁《おいらん》になっていくことが運命づけられている少女ですよね。しかし、性格も頭もよく、現代に生きていれば、それこそ皆さんと同じように大学に行き、社会に立派な貢献ができる女性として描かれていますよね。それが遊女として生きることを運命づけられているのだから、こんな残酷なことはない。一方、信如は寺の住職の息子でして、これは今とは時代が違うから皆さんにはピンと来ないかも知れませんが、今風に言えば、やはりエリートの息子なんですよ。実際、信如は勉強のできるまじめな子供として描かれていて、将来は立派な僧侶になることが決まっているわけです。このまったく環境の違う二人の子供たちの一瞬のはかない出会いと恋心を描いているところに、この作品が純愛小説の極地と呼ばれている所以《ゆえん》があるのでしょうね。この作品に出てくる『憂く恥《はづ》かしく、つゝましき事身にあれば——』という表現が、美登利の初潮に言及したものであるのは、今では研究者の定説のようですが、この初潮という現象は当然、美登利が大黒屋で体を売ることになる時期が近づいたことを象徴しているわけです。従って、美登利につきまとうように話しかけてくる正太郎にも美登利は冷たく当たるようになるわけですが——」

私は秋山の言うことを聞きながら、違和感とも感動とも言えるものを感じ取っていた。心理学の専門家という先入観があったせいもあるが、秋山は文学的感性が優れているだけでなく、思った以上に専門的な知識も持ち合わせているようだった。

「初潮」に関する議論は、国文学畑の人間にとっては、女流作家同士の「初潮説」と「初店説」の有名な論争もあり、よく知られた議論ではあったが、大学教授とは言え、秋山のような専門外の人間が知っているのは意外だった。現に学生たちの誰一人として、そのことに言及した者はいない。

ゼミの授業終了後、秋山が近づいてきた。

「先生、本日は大変お世話になりました。素晴らしいゼミで、大変、参考になりました」

「とんでもありません。お恥ずかしいところをお見せしました」

ここまではよくある社交辞令の応酬で、どうということはなかった。だが、そのあと事態は予想外な展開となった。

私は来週の授業日程として、学生たちに『たけくらべ』の英訳を取り上げることを告げ、課題として、サイデンステッカーによる英訳の一部抜粋のコピーを配っていた。参考のために、それを授業資料として秋山にも渡していた。最近では、国文学の授業でも比較文学的方法論を取り入れるのが、一種の流行《はやり》になっているのだ。

「私、『たけくらべ』の英訳を読んだことがないので、ぜひ次回の授業も拝聴したいのですが」

秋山の発言に、私はぎょっとしていた。本音を言えば、やはり普段とは異なる異分子が授業に混ざっていることは、奇妙な疲労を誘うのだ。これで終わりだとほっとしていたところに、秋山の思わぬ申し出だった。

ただ、秋山の参観態度は、当然に予想された通りに、きわめて控えめなものだったので、その意味では絶対に断ろうという気にもならなかった。私は、曖昧な笑みを浮かべたまま、了承してしまった。

その日の飲み会に参加したのは、安藤だけだった。希和が参加しないのは珍しい。安藤に訊くと、「用があるそうです」という素っ気ない返事が返ってきた。

私と安藤は、新宿にあるいつもの居酒屋「六助厨房」に入った。安藤はいつも通り、生ビール、私は芋焼酎の水割りを頼んだ。

「先生、篠田さんがいないと日本酒も飲む気がしないんですか?」

ずいぶん、嫌みな言い方だった。しかし、確かに、私の顔には安藤とだけ飲むことによって生じる露骨な不満が表れていたことも否定できないだろう。こういう飲み会に希和がいないことは、私にとって決定的だった。

「いや、尿酸値が高いから、たまには日本酒をやめて、焼酎にしたほうがいいんだ」

私は安藤の嫌みをさらりと躱《かわ》すように言った。そのあと、安藤はひたすら、飲み、かつ、食べ続けた。

飲みっぷりはいつものことだが、その日は食いっぷりが特にすごかった。唐揚げや串カツの揚げ物を中心に次から次へと平らげていく。その巨漢が、私の目の前で、見る見る膨張していくように見えたほどだ。

「先生、『たけくらべ』はやっぱり切ないですよ。今の僕の心境では、耐えられないです」

飲み始めて一時間ほどで、安藤はすでに生ビールの大ジョッキの三杯目に入っていた。元々、アルコールには強い男だが、その口調はいささか酔い加減である。

「君はどうもあの作品には、特別な思い入れがあるようだね。今日のゼミでの君の発言も何となくいつもと違うように感じたよ」

「やっぱり、分かりましたか！」

安藤の思いの外、素直な反応に、私は意表を衝かれた気分になった。

「実は、昨晩、彼女にコクっちゃったんですよ」

「彼女って、まさか君――」

「ええ、そのまさかですよ。だって、しょうがないでしょ。先生、卒業まであと半年しかないんですよ。僕だって、自分の気持ちを篠田さんに卒業前に、何とか伝えたかったんですよ」

「そして、その結果は？」

私は内心焦っていたが、平静を装って訊いた。本当はゼミ内の男女問題のゴタゴタは困るのだ。やるなら外でやってくれと言いたかった。いや、正直なところ、これも完全な本音とも言えないだろう。私自身が多少とも希和のことを気に入っていたから、安藤に先を越されたような気分になっていたのだ。

「大失恋ですよ。ここまで惨めな敗北は予想していませんでした」

私はあっけにとられた。失礼ながら、安藤がふられるのは当然の結果に思えたのだ。

それを予想していなかったとしたら、あまりにも自分を見る目がなさ過ぎるだろう。

だが、ここでまた私の「教育的配慮」が顔を出した。安藤の気持ちをこれ以上傷つけないためには、どうすればいいのかという不可能なことを考え始めたのだ。

「それは間違いないのか？　君、いったい彼女にどういうことを言ったんだ？」

「クリスマスイブのデートを申し込んだんです」

「そりゃ、また先のことだね」

実際、まだ、九月の中旬で、夏の気配が完全に消えているわけではなかった。

「いや、彼女、きっと人気があるから、今のうちから予約しておきたかったんです」

「それでどこに行こうと誘ったんだね？」

こういう際は、具体的な質問を重ねることによって、相手の興奮を冷まし、私自身も安全な位置に立つのが、失恋男をなだめるための、正しい対処法のマニュアルなのだ。

「池袋《いけぶくろ》サンシャインの水族館です。そのあとホテルのレストランなんかで、ディナーを一緒に食べようと言ったんです。レストランの予約はまだしていませんが」

思わず、笑いそうになった。一世一代の勝負をかけたデートの場所が、ホテルのレストランはともかく、水族館とはいかにも安藤らしく、ピントのずれた提案に思えた。

だが、私は心にもないことを言った。

「水族館か。それはいいねえ。彼女、水族館なんかいかにも好きそうじゃないか」

「ところが、先生、彼女、何て言ったと思います。あのいつもの調子で、『クリスマスイブの慌ただしいときに、何で安藤君と一緒にそんなとこに行かなきゃいけないの？　それに、私は水族館みたいに寒いとこ嫌いなの。水族館は、やっぱ夏でしょ！』って、こうですよ。こんなの、僕とデートしたくないための口実に決まってるじゃないですか。冬の水族館だって、ちゃんと暖房が効いていますから、暖かいに決まってるでしょ」

　安藤の声は涙声に変わった。その顔をよく見ると、実際に涙が浮かんでいる。私は呆れると同時に、恐怖さえ感じた。その日、延々とこんな話に付き合わされるのかと思ったのだ。

「君、そんなに篠田さんが好きなのか？」

　思わず、訊いた。

「好きですよ！　大好きですよ！　だけどどうしてなのかな。好きだという気持ちが昂《こう》じてくると、信如と同じように、彼女の意見に異議を唱えちゃうんですよ。自分でも分からない。今日のゼミでのディスカッションがそうでした」

　言われてみると、確かにその日のゼミのディスカションは、デートの申し込みを蹴った希和に対して、安藤が恨み辛みを述べていたと解釈すると、うまく説明がつくように思われるのだ。私は改めて、深く重いため息を吐いた。

翌日、大学の正門前で偶然、希和と出会った。私は二時間目の授業を終え、その日は授業も会議もないので、帰宅しようとしていた。

いや、正確に言うと、すぐに帰宅するつもりもなく、上野《うえの》辺りの居酒屋で昼食を食べてから帰るつもりだったのだ。もちろん、その際、軽く一杯やるつもりだった。

「先生、もうお帰りですか？」

希和は、何となく話がありそうな雰囲気で訊いた。

「ああ、今日は二時間目だけで授業は終わりだから、上野にでも行って、昼飯でも食ってから帰ろうと思ってるんだ。君も一緒にどうだ？」

「私、お昼ご飯は食べないことにしているんです。おつまみなら、付き合いますが」

思わず吹き出した。平日の午後だったということもある。

しかし、私が上野という固有名詞を出したのは、まさにそういう含みだったのだ。近頃、上野や赤羽《あかばね》という地域の居酒屋は、昼間からやたらに繁盛していて、酒飲みが昼ご飯を口実に実に飲みやすい環境になっているのである。

「じゃあ、おつまみだけ付き合ってよ」

希和は私のジョークがあまり理解できないような怪訝な表情だった。まさか本気で、酒を飲まずに、つまみだけ食べるつもりでもないのだろうが。私はやはり、若干恐怖を覚えた。

「君、最近、変わったことはなかったかね？」

私と希和は、上野中央通りにある居酒屋のカウンター席に、横並びに座っていた。昼間というのに、店は混んでいて、四つあるテーブル席は満杯で、カウンター席しか空いていなかった。

そのカウンター席も、ほぼ満席状態で、あと二席残っているに過ぎない。午後一時の昼時とは言え、これは異常である。

確かに店内には、昼定食の品書きも掲示されているが、食事をしている者など一人もいない。みんなビールやホッピー、酎ハイやハイボールを飲みながら、焼き鳥や枝豆をつまんでいるのだ。注文を取り、飲み物やつまみを運んでくるのは、カタコトの日本語を喋る中国人だ。

私と希和は日本酒のコップ酒だった。銘柄を選べるような店ではない。つまみは、焼き鳥と冷やしトマトだけだ。「おつまみなら、付き合いますが」と言った希和は、しっかりと日本酒を飲んでいる。

その日はまだ残暑が厳しく、希和は紺のジーンズに、白地にヴァイオレットの格子模様の描かれた半袖Tシャツというシンプルな格好だった。結構胸がV字に切れ込んでいるため、ボーイッシュな印象の割に意外に大きな白い胸の谷間がはっきりと覗いている。希和との位置が近すぎるため、かえって意識過剰になって、私は故意に希和の胸元から視線を逸らし続けた。

「それが大ありなんですよ。私、本当に困っているんです。だから、今日、大学の正門前で先生にお会いしたとき、すぐに相談したくなっちゃったんです。先生のほうから声を掛けていただいて、助かりました」

「誰かにコクられたんじゃないの？」

「先生、よく分かりますね⁉」

希和は本当に驚いているようだった。その驚き方は、私から見れば、いささか奇異だった。

昨日のゼミにおける、希和と安藤のやりとりを聞けば、鋭い人間なら、何となく分かったことだろう。もっとも、私の場合、そうはっきりと意識していたわけではなく、安藤から直接告白されていたわけだから、分かるのが当たり前だった。

「それで具体的には何て言われたんだ？」

「私と付き合いたいって言われちゃいました。私のことを考えると、夜も眠れないそうです」

そこまで言ったのか。私は、昨日の安藤の様子を思い浮かべた。

安藤は具体的には、クリスマスイブのデートの申し込みのことしか言わなかった。ただ、酔っていたとは言え、安藤もそんなあからさまな言葉を希和に伝えていたことを私に告白するのは、やはり恥ずかしかったのだろう。

「それで君は断ったんだろ」

「それが直接そう言うのも、何だか可哀想な気がして」

「えっ！　断ったんじゃなかったの？」

私は思わず、うめくように言った。もし希和が断らなかったとしたら、安藤の勘違いということになるのだ。逆に言えば、まだわずかながら安藤も希望を抱ける状況なのかも知れない。

「道端で手を繋いで来たんで、それは応じてあげました」

希和と安藤が手を繋いだ！　私の体内から汗が吹き出していた。

店内は思い切り冷房が効いていたから、もちろん、暑さのせいではない。私は二人が手を繋いだという事実に、憤りとも嫉妬とも付かぬ複雑な感情に駆り立てられていたのだ。

「私が手をふりほどいたら、彼女、きっと泣いちゃうだろうと思ったんです。でも、これって、『たけくらべ』っていうよりは、谷崎潤一郎の『卍』の世界ですよね」

思わず息を呑んだ。「彼女」。「卍」。希和はいったい何のことを話しているのだ!?

「君、いったい誰にコクられたんだ？」

「もちろん、香奈ちゃんですよ。先生、ご存じじゃなかったんですか？」

唖然として、絶句した。私はいつか居酒屋で、「ふんどしパブ」の話題が出たとき、「私、希和さんのふんどし姿見たいです」と言った香奈の言葉を思い出した。

「安藤君じゃなかったのか？」

私はぽつりと訊いた。その口調に安堵が籠もっていたことを、私は否定できなかった。

「はあ、安藤君？　先生、安藤君がこの話とどういう関係があるんですか？　そう言えば、彼、クリスマスイブに水族館に行こうなんて、相変わらず能天気なこと言ってましたけどね」

希和の発言に、もう一度唖然とした。要するに、安藤の求愛行為は、希和に認識さえされていなかったということなのか。

「香奈ちゃんて、あんなにまじめなのに、意外に変態なんですよ。私をどうしたいのって訊いたら、私に男の子の格好をさせて徹底的にいじめて泣かせたあと、抱きしめてあげたいなんて言うんですよ」

私はその妙にエロティックな光景を連想した。心臓を錐《きり》で貫かれるような疼痛《とうつう》が走った。これはいかん。私は心の中で、うめくようにつぶやいた。

「しかし、そんな役柄は君の好みじゃないだろ？」

私は動揺を隠すため、必死で冷静を装って訊いた。

「それがそうでもないんですよ。私、男っぽい印象のせいか、サドだと思われることが多いんですけど、意外にマゾなんですよ。香奈ちゃんみたいな相手だったら、そうされてみたいという気持ちも半分あるんです。もちろん、私が泣き出したところで、抱いてくれなきゃ嫌ですけど。あんまり極端なサドはお断りしたいです」

「そうなんだ！」

私は意味不明なあいづちを打ち、まだ半分ほどグラスに残っていたコップ酒を一気に飲み干した。砂地に吸い込まれていく海水のように、全身に酔いが広がって行くのを感じていた。

「ところで、先生、話は変わりますが、秋山先生って変わっていますね。この前、妙なことに気づいちゃったんです」

希和が不意に話題を変えるように言った。秋山が変わっている。それは、ある意味では間違いではない。しかし、希和が秋山の何に気づいたのか、私には分からなかった。

翌日、希和の衝撃的な告白さえ吹き飛ばすような大事件が、大学構内で発覚した。

リーガルタワーの十六階にある、教員の個人研究室で、女性教員の絞殺死体が発見されたのである。

殺されたのは杉野恵子《すぎのけいこ》で、秋山と同じ心理学科の教授だった。まだ四十を少し過ぎたばかりの年齢で、見た目の印象では三十代にしか見えない。

顔立ちの整ったノーブルな印象の女性で、特に男性教員から人気があった。それでいて、けっして派手な印象ではなく、何事にも控えめで、感じのいい女性だった。

私も恵子とは何度か話をしたことがある。美貌と知性を鼻に掛けることもなく、私の目からもまことに好ましい人物に見えた。従って、私にとってもその死はあまりにもショックだった。

ただ、恵子の死体が発見されて一日も経たないうちに、学内では異様な噂が立ち始めた。

同じ心理学科の教授である向山が、前日の夕方の六時過ぎ、恵子の研究室を出て行く姿が資料室の事務職員によって目撃されていたのだ。そして、諸々の状況から推定して、そのあと恵子が研究室の外に出た痕跡がないという。

しかし、こんな噂が立ったのは、単にそういう目撃証言があったためだけではなく、もともと心理学科内では、向山と恵子の不倫関係が囁かれていたためらしい。そんなゴシップを私に教えてくれたのは、私と同じ国文学科に属する同僚の峰村《みねむら》である。峰村は大学院の頃の二年上の先輩だから、日頃から親しく話す間柄だった。

「心理学科の仲のいい教授から聞いたんだけど、二人はどうやらできていたらしいよ。杉野さんは十年前に離婚していて、今は独身だけど、向山さんには奥さんも子供もいて、一時、それが奥さんにばれて、大変な家庭騒動になったって話だよ。従って、最近では、向山さんも退《ひ》き気味だった。杉野さんは無双大の卒業生で、同じOBの秋山さんの推薦で専任教員になったわけだけど、とんとん拍子に昇格して行ったのは、途中から秋山さんから乗り換えて、東大系の向山さんの庇護下に入ったということも大きかったんだ」

「乗り換えたんですか？」

私は思わず、訊いた。

「おい、変な勘違いするなよ。一見紳士的に見える向山さんがひどくスケベな男であるのは、心理学科内ではみんな知っていることらしいけど、秋山さんのようなきまじめで人柄のいい人が、杉野さんと何かあるはずがないだろ。ただ、杉野さんは学生の頃から秋山さんに習っていたので、秋山さんも杉野さんが教員になったあとも、何かと面倒を見ていたらしい。しかし、知っての通り、秋山さんの取り柄は人柄だけで、学問的にも学内政治的にも誰にも相手にされない存在だったから、杉野さんも秋山さんに見切りをつけて、向山教授のような有力教授と親しくなったってことだろ。何しろ、信じられないことに、秋山さんより先に、杉野さんが教授になってしまったんだからね」

私は秋山の教授昇格の選考人事を思い出していた。あのとき、恵子も教授会に出席していたから、当然、投票を行っているだろう。今から思うと、あれでは弟子が師匠の昇格を審査したようなものなのだ。

学閥という意味でも、向山と恵子の関係は、昨今の大学事情を反映しているように思われた。今も昔も、どこの大学でも学閥は存在する。しかし、同じ学閥の人間が群れるとは限らないのだ。

私立大学である無双大学でも、東大系教員対ＯＢ教員という単純な対立の構図はとっくの昔に成立しなくなっていた。双方が入り乱れて、学内政治のパワーゲームが行われているのが、現状だった。

峰村も私も東大系だったが、仲がいいのは東大系の教員とは限らず、むしろ、ＯＢ系の教員のほうが多いくらいである。私にとって、秋山もその一人だった。それにしても、恵子は私の個人的な印象では、そんな打算的な女にも見えなかったので、私は峰村の話を完全に信じたわけではなかった。

向山は新宿署から何度か呼び出され事情を聴かれているという噂が流れていた。いや、それは単なる噂話ではなく、ある夕刊紙は匿名ながらすでにその事実を報じていたのだ。

20日、警視庁新宿署は、杉野さんと親しい関係にあったA教授の事情聴取を行った模様。A教授は、杉野さんが殺害されたと推定される18日の午後6時30分頃、杉野さんの研究室から出てくるのを目撃されていた。なお、杉野さんとA教授は日頃から親しい関係にあったという複数の証言がある。

かなりきわどい内容だった。「親しい関係」とは遠回しな言い方だが、不倫関係を暗示しているのは明らかだ。

夕刊紙と言っても、センセーショナリズムを売り物にする、西洋のタブロイド紙に近い新聞だったので、こんなことも書けるのだろう。人権に敏感な大手新聞やテレビ局は、もちろん、向山の事情聴取を知っているのだろうが、記事や放送は控えているようだった。

事件は十八日の十八時から十九時の間に発生した可能性が高い。そうだとすれば、私たちのゼミが行われていた最中に起こったことになる。

降って湧いたような殺人事件で、大学内は騒然としていた。被害者が無双大学の教授だったというだけでなく、有力な容疑者候補が被害者の同僚教授だということは、マスコミの間では公然の秘密状態だったので、多くのマスコミが構内に入り込んで、取材活動に狂奔《きょうほん》していた。大学当局は、ホームページで大学が学びの場であることを理由に、過剰な取材に対して苦言を呈し、取材の自粛を要請するコメントを発表していた。

だが、そんなことで怯むマスコミではない。私自身、何人かの新聞記者や雑誌記者に声を掛けられたが、心理学科のことなどよく知らないの一点ばりで通し、実質的な話は何もしなかった。ただ、私は親しくしていた総務課の職員と連絡を取り、あることを調べてもらっていた。

そのうちに一週間が経ち、再び、水曜日のゼミの時間が訪れた。秋山は約束通り、教室に姿を現していた。

「本日も、秋山先生がご見学なさいます」

私は、前回よりは簡略に紹介した。学生たちも、すでに二回目だったので、秋山の見学に特に緊張しているようには見えなかった。秋山のほうも、前回に比べて、ややリラックスした表情をしていた。

「さて、先週に続いて今週も『たけくらべ』だが、今日はまず英訳から行きましょう。みんな先週配った英訳を出してください」

言いながら、希和のほうを見た。予想どおり、借りてきた猫状態だ。その露骨に不安げな顔が案外かわいらしい。希和の英語嫌いは、私も知り尽くしている。しかし、英訳と言っても、ほんの最初の抜粋文を少しだけ読むだけで、学生に当てて逐語訳させるわけでもないのだから、それほど心配することはないのだ。

実際、サイデンステッカーによる英訳*Growing Up*は英語としてかなり難解で、相当の英語力のある日本人にしか読めないレベルのものだった。だから、私としては別に英語力の研磨《けんま》のために英訳を読ませているわけではなく、比較文化論的な視点から、翻訳論とはいかなるものかを紹介したいだけだった。

「さて、皆さん、英語を読んできたと思うけど、原文と比べて、英訳のほうで何かおかしいと思ったことはなかった？」

ゼミというのは、やはり演習の要素が強いから、分かりきったことでも、学生に言わせることが重要なのだ。

「下足札《げそくふだ》の翻訳がおかしいと思いました」

英語に強い安藤がまず発言した。私は安藤の顔を窺うように見た。

安藤があの手ひどい失恋から、精神的に回復しているかどうかは分からない。ただ、確かなのは、安藤が失恋さえしていないことに気づいていないことである。

「どうおかしいのかな？」

「coat checkと訳されていますよね。コートは着る物で、履き物ではありません」

ぶっきらぼうな返事だった。やはり、少なくとも、機嫌はよくないようだ。

「ということは、君は翻訳者のサイデンステッカー氏は、下足札が履き物を預けるときに預かり証明として渡される木札の意味であることを、知らなかったと思っているの？」

「そういうことになりますね」

だが、これはあまりにも翻訳者の能力を知らない発言だった。この翻訳者の日本語力は、ほとんど伝説になるほどすごいのだ。

そんじょそこらの日本人が勝てるような相手ではない。下足札の意味を知らないなどあり得なかった。

「私は違うと思います」

またもや希和が異論を唱えた。

「翻訳者は、下足札の意味を分かっていたと思います。でも、靴を脱ぐ習慣のない西欧社会の人々に、shoes check と言っても意味が分からないと思ったので、coat check に変えたんじゃないでしょうか。コートなら、室内で脱ぐのは、世界のほぼどこでも同じでしょうから、言葉の正確さより分かりやすさを優先させたんだと思います」

英語が苦手な希和も、こういう文化論的な話であれば、十分に安藤に応戦できるのだ。それはともかく、安藤と希和の論戦でディスカッションの火ぶたが切られる、ここまでの展開は、前週とまったく同じだった。ところが、このあとの展開はまったく違っていた。

「そういう可能性もあるかも知れません」

安藤は一言そういうと黙りこくってしまった。戦闘意欲は皆無のようだ。やはり、心の傷はまだ癒えていないのだろう。

このあと、数名の学生がこの翻訳の成否について意見を述べた。ただ、ある意味では単純な技術論だったので、議論は前週ほど盛り上がらなかった。一通り、意見が出尽くしたところで、私がまとめるように言った。

「これは翻訳論でよく言われる、表示義《ひょうじぎ》と共示義《きょうじぎ》の問題なんだね。表示義とは、英語では denotation《ディノーテーション》 と言い、文字通りの意味、つまり辞書通りの意味ということです。一方、共示義とは英語では connotation《コノーテーション》 と言い、文化的に共有できる意味ということになる。従って、下足札を coat check と訳すことは、表示義的には明らかに誤りであるけれど、共示義的には必ずしも誤りとは言えない。靴を脱ぐ習慣は西欧社会にはないにしても、物を預けたときにその証拠として何かを渡すというのは、世界共通の習慣だからね。これは論理学なんかでは、外延《がいえん》と内包《ないほう》と訳されることもある。つまり、物事には、必ず外にはっきりと見えている外部と隠れて見えない内部があるということでもあるんだ」

私はホワイトボードに板書しながら喋っていた。学生たちは、表示義や共示義、あるいは外延や内包というキーワードをノートに写し取っていた。ちらりと秋山に視線を走らせた。腕組みをしたまま、静かに私の言っていることに聞き入っている。

「先生、何となく分かったような分からないような話なんですが、下足札以外の具体例を挙げてもらえませんか？」

希和が意味ありげに、じっと私の目を見つめて言った。説明しがたい奇妙な緊張感が、私と希和の間に立ちこめたように思えた。私は小さくうなずき、話し出した。

「例えば、先週のトイレ休憩だ。あれは、一人の学生の突発的な発言で、急遽、取られた休憩時間に見える」

実名は出さなかったが、香奈のほうを見た。香奈の顔にはほんのりと赤みが差している。しかし、別に香奈を非難しているわけではなかった。

「あのとき、一部の学生は実際にトイレに行き、教室に残った者もいれば、秋山先生のように、その休憩時間を利用して、『たけくらべ』の本を取りに行った方もいた。私も外に出て、窓から外の風景を見て、休憩した。これが、物事の表示義、つまり外延だ」

「しかし、それには別のもっと深い意味があったと仰りたいんですね」

希和が合いの手を入れるように言った。

私はうなずき、さらに言葉を繋いだ。

「確かに、トイレ休憩が取られたのは、ただの偶然だった。だから、その後に起こったことを、人は無意識にそういう偶然の流れの中に位置づけてしまう。これは、別の言い方をすると、因果関係の逆転と言ってもいいと思います。トイレ休憩は偶然的に取られたため、そういう偶然性の中に隠蔽されている故意に気づかない。つまり、トイレ休憩が起こったことにより、ある故意が誘発されたという因果関係に気づかないのです」

「芥川先生、話が回りくどいです。名探偵を気取らず、もっと率直に言いなさいよ」

突然、裏返った金属質の声が、響き渡った。思わず、声の方向を見た。腕組みを解き、憮然とした表情の秋山が、私のほうをにらみ据えている。その表情と下品な言葉遣いは、普段の秋山からは想像できなかった。

不意にツノを出したカタツムリ。私はそんな言葉を警句のように思い浮かべた。

さすがに、教室内にいたすべての学生の表情にも、異様な緊張感が漲っていた。しかし、何が起こっているのか分かっていたのは、私と希和、それに秋山自身くらいだろう。

「分かりました」

あえて穏やかな口調で、そう言うと、私はいったん言葉を切り、教室内にいるすべての人間の顔をまんべんなく見渡した。秋山の姿が、一瞬、私の視界を過ぎった。もう一度腕を組み、瞑想するように目を閉じている。

「みんな、あの時間帯にこの同じ建物の十六階で何が起こっていたかは新聞やテレビの報道でご存じでしょう。杉野恵子先生という、秋山先生と同じ心理学科の教授が絞殺されたのです。ところで、私は知り合いの総務課の職員に頼んで、そのときのエレベーターの動きを調べてもらいました。総務を通して、ビルの管理を委託している警備会社に訊けば、コンピューター制御されているエレベーターの動きは分かるのです」

ここで私はズボンのポケットから、用意しておいたメモ用紙を取り出し、それを見ながら話し続けた。

「トイレ休憩が取られたのは、午後六時二十五分くらいでしたが、その二分後に、確かに下りのエレベーターがこの十四階で停止し、いくつかの階で止まりながら、二十九分に三階でも止まっているのです。そのあと、上りのエレベーターが、午後六時三十分頃、三階で止まり、十四階でも止まっています。こういうエレベーターの動きは、秋山先生の証言とぴったりと一致していて、先生が『たけくらべ』の本を三階にあるご自分の研究室にまで取りに行って、再び、十四階に戻ってきたことを裏書きしているように思われます。もちろん、エレベーターはさまざまな人間が利用するわけですから、そういう行動を取ったのは秋山先生だと断定できないのは言うまでもありません。しかし、総務課の職員によれば、夕方の授業時間帯のエレベーターは意外に動きが少ないそうですから、これはかなり蓋然性の高い推測とは言えると思います。ただ、皆さんご存じのように、近い階の移動であれば、外通路の階段を利用することもできるのです。私の記憶では、秋山先生がこの部屋に戻ってこられたのは、十八時四十分過ぎだったと記憶しています」

「すると芥川先生、エレベーターで十四階まで戻ってきた私が、こっそりと外通路の階段を使って十六階の杉野先生の研究室まで行き、彼女を殺害してから再び、階段を使ってこの階に戻ってきたというんですか。そんな失礼な推測を仰るなら、客観的な証拠を見せていただきたいですね。それからもう一つ、今、あなたが仰ったような行動が可能だったのは、ここにいるほぼ全員に当てはまりますよね。あなた自身も含めて。つまり、あなたの仰っていることは、特に、私に固有な条件ではない」

気色ばんで話す秋山の声は、怒りのせいなのか、それとも不安のせいなのか、微妙に震えているように思えた。私はすぐには返事をせず、一瞬、哀しみの籠もった表情で秋山を見つめた。それから、静かに言葉を繋いだ。

「それは仰る通りです。それに、私は探偵でもなければ刑事でもありませんから、証拠など持っているはずがありません。ただ、本当のことが知りたいだけです。確かに行動の可能性という視点に立てば、ここにいるほとんどすべての人間に今私が話したような行動は可能だった。しかし、『たけくらべ』の本をわざわざ自分の研究室まで取りに行ったという、虚偽の証言をしたのは、秋山先生、あなただけですよ！　あなたはゼミ開始の最初から、『たけくらべ』の本を持参しておられたはずです」

実は、前週の授業で秋山の真横に座っていた希和は、ゼミ開始の段階で、テーブル上に置かれた秋山の黒い鞄から若干はみ出ていた『たけくらべ』を目撃していたのだ。ただ、私はそのとき、秋山の怒りが希和に及ぶのを恐れて、希和の名前を出すことは控えた。希和も、こういう展開になることを予想していたのか、その日は秋山とはかなり離れた後ろの席に座っていた。

秋山は、沈黙した。その表情には怒りや不安より、うち沈んだ哀しみが目立ち始めたように見えた。

「まじめなあなたは、おそらく、私のシラバスをあらかじめ読んでいて、先週の課題図書が『たけくらべ』であるのはご存じだったのでしょう。大昔に読んだという割には、『たけくらべ』のかなり細部まで実によく覚えていらっしゃいましたからね。ただ、あなたはやはり実際に研究室に戻って、その本を取ってくるべきでした。ところが、それでは時間が掛かり過ぎて疑われる可能性が高いと判断したあなたは、初めからその本を用意するほうを選んだ。このことは、さきほど申し上げたエレベーターの動きによく現れています。あなたは三階に着くと、すぐに上りのボタンを押し、やって来たエレベーターに飛び乗った。あなたが二十九分に三階に到着し、三十分に来た上りのエレベーターに乗ったとしたら、その間《かん》、一分しかないのですから、あなたが研究室まで行って、本を取ってくるのは不可能です。あなたの研究室は、エレベーターホールからは、結構離れていますからね。だが、そのわずかな時間の節約のために、あなたが鞄の中に初めから隠し持っていた『たけくらべ』を偶然学生に目撃され、思わぬ墓穴を掘ることに繋がってしまったのです。ただ、残念なことは、エレベーターでも通路の階段でも、あなたがそういう不自然な行動を取ったことを誰にも見られなかったことです。おそらく、誰かに見られていたら、あなたは即、計画を中止するつもりだったのでしょう。ところが、夕方のこの時間帯は、リーガルタワーは全体的にガランとしている印象で、学生数も少なく、人の動きもあまり激しくないので、あなたの不自然な行動を目撃する人はたまたまいなかったのです」

秋山は、私の発言に何度かうなずいたようだった。もはや怒りを解き、諦念《ていねん》に達している反応にも見えた。しかし、教室内に張り詰めた学生たちの緊張は解ける気配もない。

「ついでに言えば、あなたが本日も私のゼミに出ると仰ったことも、不思議でした。

しかし、よくよく考えてみれば、分からなくもないように思えて来たのです。あなたは先週のあなたの行動が不審がられていないのか不安だった。確かに、あなたは十分程度遅れて、この教室に入ってきたのですからね。やはり、物事というのは、なかなか計画通りには行かず、思った以上に時間が掛かってしまうのはよくあることです。だから、あなたは今週も私のゼミに来て、私たちの反応を確かめたかったのではないでしょうか？」

「いや、それは違います！」

秋山は強い口調で否定した。それから、すぐに静かな口調になって、話し始めた。いつもの秋山が復活していた。

「私は、とんでもないことをしてしまったあと、あなたや学生さんたちの真摯な議論を聞いて、かえって厳粛な気持ちになっていたのです。私の愚かで残酷な行為が、清心なもので浄化されるように感じたのです。『たけくらべ』のストーリーが、特異な状況に増幅されて、今までにも増して、私の心にしみ込んでいったのも確かなのです。だから、私がもう一度、このゼミに出てみたいと思ったのは、本当なのです。信じていただけませんか？」

秋山は哀願するように私を見つめた。私の心に、秋山に対する同情心がまったくなかったと言ったら、嘘になる。ただ、人の死という圧倒的な事実の前では、情状などつゆほどの意味も持たないのは、よく分かっていた。

「信じますよ。あなたはそもそもそういう人だ。私は、そういうあなたの人柄が大好きでした」

私は、哀しみと怒りを込めて言った。語尾の過去形がそのことを物語っているように思えた。

「有り難うございます。だが、あなたは鋭い人だ。その意味では、私は選ぶべき授業を間違えたようですね」

秋山は乾いた声で笑った。今更、何という馬鹿げたことを言うのだ。私は返事をしなかった。

「私は確かに杉野恵子を――」

「秋山先生!!」

私はかなり大声を上げて、制した。

「ここには、私だけでなく、学生もいます。私はあの時間帯に杉野先生の研究室で何が起こったか知らないし、今、ここで尋ねようという気もありません。それは、先生自らが警察に行って話すべきことだと思います。仮に、それがあなたの憎んでいる人間の嫌疑を晴らすことになろうとも」

私は秋山の目をじっと見つめて言った。秋山は大きくうなずいた。

「分かりました。ただ、これだけは言わせてください。徹底的に虐げられてきた人間の気持ちは、その当人にしか分からないものなのです。私にとって、決定的だったのは、やはり、私の教授昇格のときのあの教授会投票でした。ある心理学科の教授が私にご注進《ちゅうしん》してきたのです。その教授の真横に座っていた彼女は投票用紙にはっきりと×印を書いていたというのです。ショックでした。学生の頃から、いい研究者に育てようとして、何の私心《ししん》もなく彼女を応援してきたのに、彼女がそういう風にしか私を見ていなかったと思うと、怒りを通り過ぎてただひたすら悲しい気持ちになってしまったのです。ですから、私は向山先生より、むしろ彼女を——」

ここまで言って、秋山は不意に言葉を切った。

「ああ、いけませんね！　学生さんの前であることを、また危うく忘れるところでした」

そう言うと、秋山は鞄を持ってゆっくりと立ち上がった。

「芥川先生、それと学生の皆さん、興味深い授業を本当に有り難うございました。学生の気持ちに帰ったようで、楽しかったです」

秋山は前方の戸口に向かって、歩き出した。私は慌てて、秋山の背中から声を掛けた。

「秋山先生、真実をすべて話すことが重要なんです。けっして早まったことを——」

その直後、素っ頓狂な声が教室の後ろから響き渡った。

「私、心配ですから、秋山先生に付いて行きます」

香奈が立ち上がって、中腰になっていた。その横にいる希和が笑いをかみ殺したような表情をしている。安藤以下、他の学生たちは、相変わらず深刻な表情のままだ。しかし、並外れてピントのズレた香奈の言動と希和の他意のない不謹慎さは、私には救いだった。

「ハッハッハ、大丈夫ですよ。死んだりしませんから、信じてください。これから、すぐに警察に出頭します。それにしても、あなたはいい学生さんだ」

秋山は香奈に視線を投げながら、満面の笑みを浮かべて言い放った。それから、静かに扉を開けて、外に出て行った。

「さあ、ゼミを再開しよう。今日は、トイレ休憩なし」

私は間髪《かんはつ》を容れずに、宣言した。やはり、私は何かに怒っていた。しかし、怒りの根源が何であるのか、私自身にも明瞭には分かっていなかった。

「さっき、ネットニュースを調べたら、秋山先生が新宿署に自首したニュースが流れていました」

私と希和は大学の正門を出たあと、いつもの居酒屋に向かって歩いていた。午後八時過ぎで、辺りはすっかり暗くなっている。後方に足音が続いているが、ゼミ生なのか、ただの通行人なのか、分からなかった。

「それはひとまず良かったというべきなのかな」

私は軽いため息を吐きながら、希和に答えた。これで、重田、朝永の事件に続いて、無双大学における三度目の不祥事だ。

来年の受験偏差値に少なからぬ悪影響を及ぼすことだろう。しかし、私は真剣にそんなことを心配しているわけではなかった。

私の個人的経験で言えば、そういうことはむしろ「案ずるより、産むが易し」なのだ。偏差値が下がると予想して、例年になく受験生が殺到し、かえって偏差値が上がった他大学の事例さえ、私は知っている。

そんなことより、秋山の気持ちを考えるとやはりやりきれなかった。長年の間、マグマのように沸き立っていた秋山の憤怒の澱を、私自身も含めて誰も気づかなかったのは、人間の悲しい業《ごう》のように思えた。

人間は先入観の動物である。確か、どこかの西欧の哲学者がそんなことを言っていたような気がしたが、誰の言葉かまったく思い出せなかった。

「でも、先生、私、秋山先生の言ったことも、まだ少しおかしいことがあると思うんです」

希和が話を蒸し返すように言った。

「それはどんなこと？」

「殺された杉野先生が、秋山先生の教授昇格のときに、×票を入れたというのは本当でしょうか？　そういうのって、悪意を以て告げ口をする人もいるから、必ずしも事実じゃないこともあるでしょ。実際は、○を入れていたかも知れないし」

「それはそうですよ」

不意に後ろから、男の声がした。振り向くと、安藤が早足に私たちに追い着いていた。

「だから、やっぱり、殺人の動機は、杉野先生に対する、秋山先生の深い愛でしょ。杉野先生は向山先生と仲がよかったそうじゃないですか。芥川先生がいつも仰っているように、嫉妬は犯罪動機の王様ですからね。教授会の投票云々より、僕的には愛の挫折のほうが大きかったように思えるんだけど。まあ、確かに、僕も杉野先生が本当に×を入れたのか疑いますが、問題は、そういう告げ口をすぐに信じてしまうような状況に秋山先生を追い込んだ周囲の環境でしょ」

「あら、安藤君、いたの」

希和は安藤の意見に直接答えることもなく、軽くいなすように言った。

「それは僕だって、まだ微かに存在はしていますよ。いくら虐げられた人間とは言え。

今日の飲み会にだって、しっかりと参加しますからね」

私は安藤のひねくれた口調に思わず苦笑した。虐げられた人間。秋山の言葉は、特に安藤には痛切に響いたようだ。

「その大きな体で、『微か』はないでしょ。じゃあ、私は飲み会、やめよっかな？」

希和がからかうように応じた。

「こらこら、そういう意地悪を言うのはやめなさい。君も案外サドだな」

私は希和を諭すように言った。実際、安藤は希和の言葉に、何も言い返せず、すでにシュンとしてしまっている。

ただ私は、そのとき、希和は安藤をからかっているふりをしているだけで、安藤の本当の気持ちは分かっているような気がしていた。

「先輩たち、今日も飲み会ですか？　私も参加したいです」

安藤のさらにうしろから、足音が近づいてきた。香奈が息せき切って、追いかけてきたのだ。いつもスローな行動のイメージの女子学生だから、その姿は何となくおかしかった。

「でも、香奈ちゃん、お酒飲めないんでしょ」

「大丈夫です。希和先輩と一緒にいれれば、いつだって体が火照《ほて》って、酔った気分になれるんです」

「えっ！　どういう意味？」

そう言った切り、希和は絶句していた。暗闇の中でも、心なしか希和の顔が赤くなっているように私には見えた。

「まるでストーカーだな」

私の横に立つ安藤がぽつりとつぶやいた。いつの間にか、香奈は私を押しのけるようにして、希和の横に体を擦《す》り寄せるようにしていた。希和は私のほうに振り返りながら、恥ずかしそうにおろおろしている。

私は軽くため息を吐いた。この奇妙な三角関係は、少なくとも、希和と安藤が卒業する来年の春まで続くだろう。しかし、この心地よい憂鬱を私は思う存分、満喫するしかないのだ。

不意に秋山の顔が思い浮かんだ。、先入観の動物。虐げられた人間。私はその二つの言葉を心の中で、何度も反芻していた。

第1講座から第5講座までの中で登場する、すべての機関・個人は架空のものであり、現存するものとは一切関係がありません。

初出　Webジェイ・ノベル
（「無双大学教授・更級祐介の事件教室」を改題）
第1講座　天才と変態の芸術概論（入門編）
「不浄観の夜」（2019年4月2日公開）改題
第2講座　心中の現象学―純愛か殺人か―
「足摺岬心中」（2019年2月5日公開）改題
第3講座　美醜と犯罪の比較関係論
「キリコの宝物（テソーロ）」（2018年11月13日公開）改題
第4講座　身の上相談対処法演習
「ビザールな家」（2019年6月18日公開）改題
第5講座　愛と殺人の公開ディスカッション　書き下ろし

実業之日本社文庫 ま31

文《ぶん》豪《ごう》芥川《あくたがわ》教授《きょうじゅ》の殺《さつ》人《じん》講《こう》座《ざ》

2020年4月15日　初版第1刷発行

著　者　前川《まえかわ》 裕《ゆたか》

発行者　岩野裕一
発行所　株式会社実業之日本社
〒107-0062　東京都港区南青山 5-4-30
CoSTUME NATIONAL Aoyama Complex 2F
電話 [編集]03(6809)0473 [販売]03(6809)0495
ホームページ https://www.j-n.co.jp/
DTP　ラッシュ
印刷所　大日本印刷株式会社
製本所　大日本印刷株式会社

フォーマットデザイン　鈴木正道(Suzuki Design)

ISBN978-4-408-55590-4（第二文芸）